戰鬥吧

校園戰爭本部

01

年級：多蘭市立高中二年級。
社團：戰爭本部社員（馬前卒）、手工社副社長。
技能：全市高中生手握力第一、自由搏擊、手工及針線活、讓長輩不自覺地寵愛自己的氣場。
備註：武術少女，戰爭本部的行動派，興趣是做小手工、玩網路遊戲和暴力解決問題。

年級：多蘭市立高中一年級。
社團：戰爭本部新進社員（極惡變態鬼畜捆綁play蘿莉控淫棍破壞魔王）、圖書館管理員。
技能：各類模型保養、頂尖泡茶技巧、逃跑、偽娘盛子。
備註：在國中時是個只喜歡巨大機械人的中二病少年，所以決心在升上高中後改變自身。

年級：多蘭市立高中二年級。
社團：戰爭本部社員（軍師）、棋藝社社員。
技能：一目十行、喜好棋類與電玩遊戲、懂得訓練野生貓類、品茶。
備註：隱性宅女，是個高材生，憤怒時會失去理智。

Leader
張玲

年級：多蘭市立高中二年級。
社團：戰爭本部社長（大帥）、棋藝社社員。
技能：三寸不爛之舌，擅殺價。懂中、英、日、法四國語言，會拉丁舞、芭蕾舞、彈鋼琴和拉小提琴。
備註：有勇有謀，戰略層面上的大師，相信自己比哥哥要強上百倍。

member2
官冰蕙

年級：多蘭市立高中二年級。
社團：戰爭本部社員（情報組）、電腦社社員、多蘭市忍者協會常規會員。
技能：跑酷、各類忍者能力、中級駭客技巧、初級泡茶技巧。
備註：總是戴著黑色蒙面面罩，男女莫辨。善長潛入、偵察等任務。

member3
蜘蛛

CONTENTS

楔　傳說之始　005

01　慣例！打破日常的雙馬尾女生　009

02　神秘的神秘組織和成員們　031

03　來自組織的試煉……豆腐觸感！　063

04　二回目？似乎忽略了不少人物哦！　089

05　打工大作戰　127

06　初陣、木馬盛遠與紙箱怪人　155

07　回爐再造的百變盛遠！　191

08　次陣、吾乃武士王！　209

尾　再起動　249

▼ BEGIN ▼

傳說之始

多蘭高中，是一所校風嚴格的高中，要求學生恪守紀律的同時，更有著不同的校規規範著學生。

雖然跟一般高中一樣有著多彩多姿的社團，不過在參加社團之前，都有一個很重要的規則——每一個新的社團都要通過學校的嚴格查核。查核的範圍廣且條件極多，所以能夠通過的社團都是被學校認定為對學習本身有益無害。

而想要加入社團成為新社員，還有一個重要的條件，就是主要學科的成績都不可以低於及格線。

僅僅是成績這條件，一部分高中生就過不了，再加上當自己喜歡的社團被打壓和不通過時，生出的不滿就累積起來。因此，多蘭高中曾多次發生有關加入社團、又或者是有關推翻校規的學生抗爭行動，但最後理所當然的都被學校清理乾淨。

但野草總不可能燒盡，春風帶著抗爭的種子發芽，最後，這種壓迫成就了一個傳說中的社團——

一個沒有在學校名冊登記，為了與不公平抗爭，被人稱為「戰爭本部」的神秘組織。

他們支配著多蘭高中的黑暗面，挑戰整所學校的秩序。起初學校宣言沒有這個組織，只是把所謂的「戰爭本部」視無惡不作的壞學生，可是這沒有作用，大概因為組織本身有點酷，他們的行動受到了更多學生的支持。

後來多蘭高中改變了對策，以學生治學生。

黑暗的反面就是光明，邪惡的對立就是正義。有不甘被限制，就有規則的守護者。與「戰爭本部」正面對抗的，由原本的學校和老師，轉換成代表學校的學生會成員，最後把很大一部分支持「戰爭本部」的學生拉了回去。

接下來，兩方派系為了各自的目的鬥智鬥法。聽說這場戰爭，已經維持了十多個年頭……

而我作為普通學生的一員，高中一年級的男生，並不知道那個神秘組織是不是那麼偉大、為了學生而戰，甚至連他們是否真實存在也不在意，畢竟那全都是道聽塗說。

雖然本人路見不平，還是會拔刀相助，可是我已經不會像國中時那樣無知地去揭露，因為我不再是只知道正義的中二病男生。

現在的我是學校體制下生活著的小小高中生，目標不過是想要交幾個朋友，談一場由曖昧開始的戀愛，畢業時有不錯的成績上大學……

自此至終，我都只是個想要成為一個普通男高中生的高中一年級生。

可是，這個世界似乎並不想要讓我如願——

「姐姐會幫助你的說！」

一個擁有一長一短、十分有個性雙馬尾髮型，在兩個星期前把我高中生活破壞的圓臉女生，揮著小拳頭，自信滿滿地對我說著。

那時的我並不知道她就是「戰爭本部」的成員，而且更傻傻地相信了她那一句讓我墜入戰爭泥沼的話。

▼ Chapter.1 ▼

慣例！打破日常的雙馬尾女生

時間回到所有事情都還未發生，仍舊是日常的下午。

「鈴——」放學的鈴聲響起。

「盛遠今天一個人回去嗎？」

我收拾好書包，與剛剛認識不到一個星期的新同學道別：「有點事要做。」

「明天見吧！」

這幾天跟著他們一起回家，是為了認識新朋友，本來回家的路就跟他們不同，而且今天我有更重要的事要完成。

「Gaogaigxr 武士王復刻限量版」上市的日子！

那模仿真實場面的設計，完美重現 Ultimate Fusion 終結融合的合體；可多變換的拳頭零件，粉紅色和金色的螢光油漆；碳纖維機身，歷久不衰的經典，是所有男生的夢想！

「寫作承認，唸作勝利！」一不小心我又說出心中的話了。

這時身邊本來吵雜的聲音都靜了下來……

朝四周望去，本來在街道上行走的陌生人全都注視著我。

「不好意思……」我搔著臉，尷尬地快步向我的復刻版奔去。在離開的時候，我似乎還聽到那些人在討論——

「現在的孩子壓力真大。」

「就是就是！」

「我家的那個不會也是這樣吧？」

唔……好丟臉！

不過就這麼一段小插曲，是不可能澆熄我對「Gaogaigxr 武士王復刻限量版」的熱情！

雖然早在十天之前已經預訂，但如果我無法在今天四點之前取貨，就有很大的機會被那些沒預訂成功的惡鬼修羅奪去。

這次趕不上就只能再等一輩子了，得加快腳步才行！

話說回來，這個世界上的男生，那漫長的人生中，必要支出大概可以分成兩個重要又主要的部分：玩樂錢和維持生命用的錢。

玩樂中的玩具用錢，重要性更是不下於吃飯。不論是筆、模型、書、車、衣服、照相機、單車……那些都是在男生的一生中，絕對不可或缺的東西。不管是三歲還是八十歲，總會有用在這方面的錢。

正當我在趕路時——

「啊呀、哦——！」

一道女生的尖叫聲突然傳入我耳中，手錶上顯示著還有二十分鐘就到達極限的四點整。

「啊——歐——」

尖叫聲漸漸有點變調，彷彿在做些被年輕人喻為不健全行為一樣。

「哇——歐——」

難、難道是強暴案？

我拍了一下自己的臉，深吸了一口氣。

低聲對還沒有到手的「Gaogaigxr 武士王復刻限量版」，還有對未來一定會悔恨的自己說了一聲對不起，我隨手在街道旁的垃圾箱裡撿起一把已經壞了的雨傘當作防身武器，往傳出尖叫聲的轉角跑去。

不論是郭靖、武士王、奧特曼、小飛俠……

他們都曾經教導我們：要做一個罪惡剋星，任何時候都不要袖手旁觀！

「快點放開那個女生！」

幸好，前方不是我想像中那種不健全又邪惡的犯罪行為，雖然有女生和武器，不過真正的受害者並不是她，而是一隻伏在地上顫抖著的小狗。

「不——快點放開那隻小狗！」

不是英雄救美的經典橋段讓我有點失望，但小動物也不是可以欺負的對象！

「哎？」

我對著應該是傷害小狗的凶手——穿著多蘭高中制服、手執一根木棍、不規則一長一短的雙馬尾髮型、身材嬌小的女生喝道：「別以為可愛就是正義，欺負小動物是不被世人所允許的！」

沒錯，「皆生而平等」這一句話在二十一世紀裡，已經被我們人類泛用到動物身上。

「不、不是……」看起來有點驚慌失措的她，似是被抓到的現行犯小偷一樣，猛搖著頭說道：「不、不對，不是你想的那樣的說！」

我冷笑了一聲，已經完全把她的企圖識破了，無非想要拖延時間而已。

「不用多言，我要代替月亮懲罰……不，代替這小狗懲罰妳，跟我去警局吧！」

她把手上的棍子拋下，「碰」的一聲，兩道馬尾一直在擺著，用急得快要哭出來的聲音說道：「這、這是有原因，我立即解釋的說！」

「是什……？」

我沒有等到她的解釋，小巷的盡頭出現了幾十個大漢，還有在他們身前一隻似是帶路的小狼犬……

「站住！」

難道是小狗的狗朋友找來幫手？

世上果然還是有和巴特拉一樣的義犬，這朋友之間的互相幫助之情，讓我感動得快要落下眼淚。

身為正義的伙伴，我高聲對那群大漢叫道：「這邊、就是這個女的！」

說罷，我張開手把小巷的出口攔著，現在就算這個雙馬尾女生使出惡魔四次元都沒有任何作用，因為我自信我可以攔阻下來！

但奇怪的事情發生了，因為那群人對我的回應是——

「你們這對凶徒男女給我站住！」

你們？這對？等等……

我思考了一下現在的情況——

穿著相同校服的高中男女，男的手上有一根已經破碎但依然可以用來作為武器的雨傘，女的腳下有一根同樣可以作為武器的木棒，重點是……地上有一隻受了傷的可憐小狗。大概任誰看到這個景象，亦會生出不同程度的誤解，例如認為我和她是欺負小狗的同伙，又或者以為她是我的同伴。

跟大漢們對望不到半秒時間，讓我明白他們的心中有著無盡的憤慨，以及對保護小動物的熱血……

當然還有對我的誤解！

「不、不對，我不是——不是你想那樣的！」

我說出剛剛女生說過的話，但我的抗議和幾分鐘之前一樣完全無效。他們像一群用了戰鬥藥劑的陸戰隊，大喝著直衝過來，「給我站住！」

糟糕了……這回真是用黃河水也不可能把我身上的罪名洗清，現在到底要怎麼辦才好？

「快逃的說！」那個雙馬尾女生一把抓住我的手臂。

「欸？」

「別蘑菇的說！」

「哇……」一道不可能屬於女生的怪力傳來，連反應的時間也沒有，我就被她拉著走。

她就算揹著一個粉紅色背包，亦沒有影響敏捷度，就像天生的逃跑好手。在大街與小巷之中左穿右插、左轉右轉，漸漸把身後的那些惡漢甩開。

「別跑——」

對方的聲音聽起來也漸漸遠去，似乎我們已經成功逃脫……

不過那是不可能的，在小狗的帶領下，我們兩人都會被抓住，因為小狗們都有一個靈敏的狗鼻子！

在我的腿有點痠之際，她帶著我走到了一處轉角……

不，是死巷子才對。

「沒、沒路？」

「不，這邊的說！」

她很熟練地把建築物的門打開，是一間沒有上鎖的小型機電房。

「進去的說！」

我愣了一下，看著這個連一個人躲進去都明顯是擠沙丁魚般的空間，到底要怎樣才可以擠上兩個人？而且與女生硬擠在小型機電房裡，然後抱在一起……唔，這麼不健全的想法，真是太過糟糕了！

她拉著我就差把我硬塞進去，「快點，不然就來不及的說！」

那本來已經遠去的聲音，又再次傳來：「站住！」

「哎……好吧。」

對天神以及在天國的親生母親發誓，我絕對沒有什麼不健全的想法……再瞄了一眼幼女體型和一長一短雙馬尾髮型的她……至少現在沒有！

「來——」沒有辦法之下，我和她兩個人用面對面的方式，一高一矮地配合著，把我們自己塞了進去。

唔……

她用抱著我腰部的方式，伸手到我背後，卡喀一聲，把門關上。

好……好軟！

這是傳說中的軟妹子嗎？

她似乎很習慣這種身體接觸或是這種躲藏的方式，完全沒有一點慌亂，關上門之後，還近距離盯著我的臉問道：「你叫什麼名字的說？」

這裡的燈光不算昏暗，還有一盞小型的ＬＥＤ燈，讓我和她可以看清彼此的臉。

有點嬰兒肥的圓臉，相應地也有一對像嬰兒般炯炯有神的大眼，要說漂亮也不算是，但加上本來不高的身高和聲線，是個可愛到讓幼獸也會妒嫉的少女。

可是──

「誰會告訴妳啊！」

哪有心情告訴她！現在我只想快點去買我的「Gaogaigxr 武士王復刻限量版」和逃離那些大漢的追捕。只可惜此處實在太過擠迫，我連把右手抬起看手錶的空隙也沒有。

「唔……」她單手搔著臉，「看來你對姐姐我有點誤會的說。」

看著她可以在這個狹小的空間活動自如，至少可以擺動手，不得不說真是有點妒嫉，嬌小的身材有時真的不錯。

帶著這樣那樣的怒氣，我衝口而出：「誰誤會妳啊！」

「你、你一定以為姐姐是傷害小狗凶手的說。」她的聲音聽起來十分哀傷，本來用來托著臉的手，變成掩著臉，一副快要哭的樣子，「姐姐根本沒有傷害那隻小狗的說！」

這麼做作的表演誰都知道是假吧？不要以為可愛就是正義！

她是男生的話，我一定打飛她。

「我當然知道，但是我們可以跟那些人解釋！」我咬牙切齒地說了一句，片刻才道：「不是說逃避解決不了問題嗎？」

「哎？」她頓了一下，過了一會才又說道：「你說得的確有道理，是姐姐太習慣逃跑，一時忘了還有這種計策的說。」

欸？

既然她知道錯，那就算……

「嘛，我叫江盛遠。」

反正……可愛在很多時候就是正義，這次就原諒她好了。

「是江忠源的江，平清盛的盛，遠山景綱的遠嗎？」

「是、是啊……妳呢？」難道這女生喜歡讀軍史？怎麼引用的不是將軍就是武士？

「李靜。」

哦喔喔——既然她已經用了三個同屬性的人物，這個時候我也絕對不可以被她看輕，讓她知道我也是個軍史的愛好者！

想了一會，學著她的語氣說道：「是李清照的李，靜御前的靜嗎？」

接招吧，這都是有關聯的人物哦！

「哈哈……」她被我的語氣逗樂了，大笑起來，「你也喜歡軍事和歷史嗎？」

「有一點。」

「真好的說……嘻嘻～～」

接下來，我跟著哈哈地笑了幾聲，只不過在大笑過後——

「我們現在要怎辦？」

一個十分現實的問題依然橫在我們的面前。

雖然現在是初冬，可是在這個通風不良、而且十分狹窄的小機電房中，我已經覺得有點熱，而且被一個妹子抱著總有那麼一點不太好意思。

「等吧，耐心等待對我們來說是一個必修項目的說。」

既然她像是不介意，我也不好說什麼，應了一聲：「好……」

感覺等了一個世紀似的那麼久，外面連一丁點聲音都沒有傳來。為此，我質疑道：「其實我認為他們應該沒有追來。」

李靜輕巧地調整了一下位置，點了點頭說道：「也許可以試探一下的說。」

說罷，她緊緊靠到我身上，彷彿要融入我的懷裡，用著十分不健全的姿勢，再伸手扭開我身後的門把。

「推開的說！」

聞言，我馬上用右手的手肘把門輕輕推開一小半，艱難地轉過頭望去——似乎沒有人進來這條死巷子。

「……似乎真的沒有人在。」

「可以出去的說。」

「好！」說話的同時，我用手肘把門撞得全開。

「啊……哈？」當我想要把另一隻手抽出機電房的時候，我發現一個影響極其嚴重、情節非常惡劣的問題。

「怎麼了？」

「我的手……」我深吸了一口氣，強裝作冷靜地說道：「好像卡住了。」

「欸！」她非常意外地睜大了眼睛。

我不甘心，嘗試把手再抽出來，可是一根根電線就似觸手系的藤蔓一樣，把我的右手緊緊地纏住，每當我抽出來的時候，就越纏越緊。

「是真的……」

李靜慌張了起來，「要怎怎、怎辦的說？」

因為李靜比較矮小，所以是她先進來機電房，接著才輪到我，所以要是我無法出去的話，她也同樣被困在這裡。

我無奈地搖了搖頭，「我也不知道。」

李靜用力推了我一下，說道：「快想辦法的說！」

「哇……」被她一推我的內臟就像是受到了一噸重的卡車以時速六十公里撞擊。

「對不起……姐姐是太急了，沒事的說……」

「沒事……」我搖了一下頭，因為她的巨力衝擊，我發現用暴力是不可能把纏著手的電線扯斷。現在最可能的解決方法，大概就是做出人體無法承受的扭曲動作，讓出空位李靜先出去，接著再由她來解救我……

哈哈，怎麼可能，她跟我也不會軟骨雜耍技巧——

「盛遠是你嗎？」

耳邊傳來一道十分熟悉的聲音，我下意識就應道：「是我。」

「你在幹嘛？」

確定了，這聲音是屬於我的那些新同學中的一員，而且是剛剛才拒絕他們一同回家的同班同學。

「喂——！」我轉過頭……

「盛遠的動作很滑稽……哈哈……」

「你在幹嘛？」

不只一個人，身後是那些本來要一起回家的同班同學，一男二女，三人手中都拿著一杯冰摩卡、奶茶的東西，就像昨天的我一樣。

「可以來幫我解——」

正當我想要說出下一句的時候，馬上就想到剛才被惡漢們追著跑的事：一男一女，在一個有點昏暗的小型機電房中。

怎麼解釋？

不管怎麼說，也一定會產生不必要的誤會。

因此——絕對不可以讓他們知道我的困境！

吞下了本來想要說的話，我裝作沒事地嘻嘻笑了一聲，「沒什麼，就是在研究這裡的電學，你看我們都是理科，哈哈，是不是？」

「哦哦……」他們點著頭，可是我慢慢地發現他們的注意力和目光似乎、好像、或者都不在我身上，而是瞟到了我的身旁。

我低頭一看——

不知何時，李靜由我的腋下鑽出頭。她看了我的同班同學一眼，接著對我說道：「是認識的說？」

「哈、哈哈……」我覺得自己的高中生活似乎被毀了，「是啊，我們認識的……」

「快叫他們幫手，說你卡住了，抽不出來！」

啊呀——！

要不是她是個女生，我一定會打飛她！

一號男同學瞪大眼睛，「抽不出來？」

二號女同學退了一步，「卡住了？」

三號女同學輕掩著嘴，「一男一女的……」

由他們的臉上，我看到複雜但不難懂的表情——盛遠是個淫棍。

為了不讓誤會加深，我馬上對他們解釋道：「不、不是你們想的那樣，我只是右手卡在電線中，抽不出來，沒事，很快就好……真的……不是那種意義上的抽不出來！」

本來跟我關係不錯的二號女同學指著我罵道：「流氓！」

「等等，真的不是！」

一號男同學賤賤地笑了一聲，學著二號女同學的語氣說道：「流氓！」

「誤會，在各種意義上！我不是流氓，真的是右手卡在電線中——喂，不要關門啊！不要——你們聽我解釋……」

在外面的他們臉色有點不太好，哈哈了數聲，然後關上了門。
通風口傳來一號男生那猥瑣得突破天際的聲音：「慢慢來、放鬆點就可以了，別心急。」
「喂喂，不是那樣的！」我瘋狂地叫道：「你們想歪了！」
李靜很不合時宜地勸解：「對！不要著急，慢慢來就可以的說。」
……可以打飛她嗎？可以打飛她吧？可以打飛她呢！
「不是那樣，不是你們想的那樣！」
「加油。」三號女同學又輕輕拍了一下機電房的門。
一號男同學那可惡的聲音再次傳來：「卡住就去研究冷次定律嘛~欲拒還迎……哈！」
「下流！」二號女同學補上了最後一刀。
他們的腳步聲還有說話聲，都漸漸離我們遠去。
「吶——」李靜輕輕拍了一下我的肩膀，說道：「別灰心，慢慢來的說！」
對著很天真很傻的李靜，我放棄解釋了……
最後經過我和李靜的一番努力，終於離開了小型機電房。
「他們不是你的朋友的說？」
「是啊。」

話說，為什麼我會有種莫名其妙的悲哀……

「哦哦，姐姐知道了……喂，別垂頭喪氣啦，不用因為他們的小玩笑而灰心的說。」李靜輕輕拍了我肩膀，「放心，姐姐以後會照看你的說！」

「痛——」我揉著肩膀，思考這傢伙到底在說什麼……

似乎是為了鼓勵我，李靜舉起手，直指著天上的白雲，「看！現在的我們就像河越合戰前的北條家，只要發動夜戰，就一定沒問題的說！」

哈哈……這傢伙腦子沒問題嗎？

而且我不想發動夜戰，我現在只想要回家……嗚……

「哦……再見的說！」

「再見。」我頭也不回地走了，同時在心內補充，不要再見比較好。

◆◎◆※◆※◆◎◆

那天我沒有買到「Gaogaigxr 武士王復刻限量版」，不過真正對我造成致命打擊的事情，是在第二天回到學校時才發生。

「連小女孩也不放過的地上最強淫棍回來了！」

我一進教室就聽到這樣的歡迎詞。

「我不是、我不是……」

因為我被一號男同學傳誦成為變態極惡鬼畜色情狂，連小女孩也不放過的淫棍魔王。雖然我個人不介意被叫作「魔王」，可是我絕對不想做淫棍！

不論我如何解釋，反正沒有一個人相信，更被越描越黑。

因為當時也看到的三號女同學同樣繪影繪聲地把我「卡住了」的情況，在眾人面前重現了一次，而且還加上不少人工效果音……

「不是那樣！」

本以為時間會洗刷一切，但——

過了整整兩天，仍沒有女生跟我說話，關係不錯的二號女同學把我當成瘟疫，就連我主動去找她都被躲開了。最可怕的是連女班導也一副小心翼翼地跟我討論功課的問題，彷彿我隨時會化成人狼，把她一口一口地嘶咬開。

可惜，這個世界是殘酷的，沒有最差，只有更差。

三天之後，我那些被添油加醋的所謂的事跡傳遍了整間學校，只用了七十二個小時，我由班上的淫棍魔王，變成全校的女性公敵。每當她們看到我，就像看見瘟神一樣。

難道……我的高中生活還未開始，就已經完結了嗎？

難道我想要交多一點朋友，成就一個充滿回憶的粉紅色高中生活，就要完結了嗎？

悲傷如溺死在浪中的我，走在回家的路上，就算再怎樣思考，也無法得出澄清的方法。

到底要怎麼扭轉所有人對我誤解的淫棍主義少年形象？

「——哎呀！」

原來我的討厭程度，已經到了「就算是走在回家的路上，也會被小孩子丟紙球」的大惡霸了嗎？

我深吸一口氣，忍一時風平浪靜，退一步海闊天空……所以我忍耐。這些惡作劇只要無視，對方就會覺得無趣而停手。

「哎呀！」

「哎呀！」

「哎呀！」

無視之後，是更多團紙球丟過來。

「——誰！」

就算是泥人也有火，我轉過頭，咬牙切齒地喝道：「到底是誰丟我！」

在黑暗的轉角處，一個戴上魚夫帽和口罩、身材嬌小的人，口中發出了「殊殊」的聲音，向著我揮手。

「誰？」

「是姐姐的說……」

她拉開了口罩，正是那個讓我蒙受不白之冤的李靜。

「啥！」我立即退後了一大步，雙手擺出防禦的姿態，警戒道：「怎怎、怎麼了？」

李靜重新戴上口罩，急著說道：「跟姐姐來的說。」

「不，妳先說一下是什麼事！」

我對李靜一點好感都沒有，只是偶遇一次就被誤會，黏在身上的汙名變得像強力膠一樣，除此之外，她還造成了另一件憾事——

我可能這一生都無法再得到「Gaogaigxr 武士王復刻限量版」了。家裡放模型的櫃子裡，有一個位置永遠是為它留白的憂傷，沒有人會明白。

「跟來再說。」

我搖了搖頭，看著眼前這個女生——一切的壞事、一切的汙名都是因為這個傢伙！

「姐姐可以幫你洗脫汙名的說。」

「哈？」我沒有沒聽錯吧？

「姐姐可以幫你洗脫汙名的說。」

我瞪大了眼睛，問道：「真的？」

李靜有點不好意思地搖了搖頭，對著混雜著疑問視線的我說道：「讓你變成地上最強淫棍的蘿莉控，一定是因為姐姐太出眾的關係，所以……姐姐有著不少責任的說。」

在我還沒反應過來時，就被她突破防線、拍著我的肩膀，「放心，姐姐很有義氣，一定沒問題的說！」

「痛——」

我揉著肩膀。

「雖然我覺得妳話裡的邏輯有點不太對勁，不過還是很感謝妳。那我們要怎麼行動？一起澄清嗎？」

「Gaogaigxr 武士王復刻限量版」的仇可以暫時放下，現在我要先洗脫汙名！

「總之……姐姐會幫助你的說！」

「哎？」

跟上次一樣，我被她如同帝王蟹蟹鉗的右手鉗住拉著走。

李靜帶著我穿過一條條橫街斜巷，繞了很多個圈圈，最後由學校的後門回到學校。

我記得這個時間，學校的正門應該還未關閉才是。

可是她沒有給我發問的時間……

如果這時的我知道將來的事，大概會明白，這一刻是我粉紅色高中生活轉換成硝煙鐵血的開端——

Are you ready?

▼ Chapter.2 ▼

神秘的神秘組織和成員們

轉過二十多次轉角、走過三次同樣的樓梯、經過兩次同一層樓的洗手間後，我和李靜經歷了千辛萬苦，終於來到本校的四樓，一間貼上禁止使用的特別實驗室門前。

「進去？」

在提問的那一瞬間，我不自覺地打了一個冷顫，不是因為太陰森，而是因為李靜的雙馬尾髮端剛好掃到我的手臂……

李靜脫下口罩和帽子，露出了略微嬰兒肥的圓臉，認真地對我說道：「一個只有我們才知道真正目的組織的說！」

突然間，我發現自己跟著她明顯是個錯誤，而且是一個十分嚴重的錯誤！

「這、這不是禁止使用的特別實驗室嗎？」我已經想轉身離開。

儘管入讀這所高中的時間不長，不過有關這狀甚恐怖的特別實驗室傳聞並不少，很容易就可以由學長、學姐的口中得到有關的八掛。例如：半夜會動的人體模型、喝掉化學液體的燒杯、到達五點整就不會轉動的鐘、會消失的椅子等等。

最可怕的都不是那些，而是在二十年前，曾經有一對年輕的情侶因為被家長拆散而殉情，據說他們就是在這個實驗室自殺。自此之後就有一個詛咒，傳說進入這個特別實驗室之後都會死於非命。

「那個……這裡真的可以幫我奪回失去的名節？」

「絕對可以，這裡有最聰明的軍師，有能指揮千軍萬馬的大帥，還有最強的情報專家，就算是要把學校炸掉也不過是一件小事的說！」

李靜的圓臉上沒有半點表情變化，似乎在她的眼中，把學校炸飛是一件很普通的事情。

我有種不寒而慄的感覺。

「呆著幹嘛？快進來的說。」

「真、真……真的要嗎？」

「快來的說！」

李靜自然而然地拉起我的手臂，將還在猶豫的我猛地拉了進去。

「唔……」

我應該不會被殺死吧？又或者其實李靜就是幽靈……

走進去的同時，我默唸著心經：觀自在菩薩，行深般若波羅蜜多時……

可是只唸了開頭，就沒再唸下去，因為眼前這個場景詭異得讓人說不出話——昏暗的特別實驗室裡，有三個人坐在放著蠟燭的圓桌前，似是等待最後來到的加入者般。

「新人嗎？」

這、這就是神秘組織？

我還沒來得及回應，另一道聲音突然傳入我的耳中：「你就是極惡變態鬼畜蘿莉控淫棍魔王嗎？」

儘管燭光的亮度不足，可是我依稀可以看到，說話的是一個擁有黑色長直髮的女生。不只是普通女生那麼簡單，因為她的臉蛋絕對是模特兒的等級，再加上就連校服也無法掩飾的魔鬼身材，必然是當選校花中的校花。不過我並不是看到美女就流口水的傻瓜，即使面對美女，應該說的事我還是會說出來——

「我我、我不是極惡變態鬼畜蘿莉控淫棍魔王！」我絕對不是因為面前有美女而說話結結巴巴，只是有點緊張而已。

「難道情報有誤？」

黑色長直髮女生看向旁邊，那裡正跪坐著一個蒙臉、短髮、穿著改成忍者服似的體育服、完全不清楚到底是男是女的人。

「冷笑，可能性是零。」蒙面短髮人搖頭，沉聲道：「報告，這人叫『江盛遠』。惡行眾多，其中有對國中生出手、野外露出、以打野戰為愛好等等。」

「絕對不是！」我反駁。

蒙面短髮人擺手，冷聲道：「準確，地點多選幽暗的小型機電房，外號極惡變態鬼畜蘿莉控淫棍魔王，絕對沒有錯誤！」

真厲害……

說那麼長的稱號不停頓也不會咬到舌頭，讓我真心佩服。

「妳們似乎對我有很大的誤解……」

「哪有誤解！」黑色長直髮的美女突然激動地一掌拍在圓桌上，站起來瞪著我，「你明顯是頭色狼……只聽小靜的個人推薦根本不可靠！」

「才不是的說……」李靜緊了緊我的手臂，把我拉到她的身後……

正確來說是把我硬扯到她的身後，我的手臂有種要脫離肩膀的移位感加上強烈的疼痛感。這真的是人類女生能擁有的力量嗎？確定她不是披著人皮的比蒙巨獸？

「兩位等等。」一直沒說話，雙手抱在胸前，留著及肩長髮、髮上別著一個逆「卍」字符髮夾的女生，輕輕拍了一下黑長直髮美女，示意她冷靜下來。

「大帥……」

被叫做大帥、氣勢十足的及肩長髮女生，先是由頭到腳打量了我一次，然後單手遮住嘴角說：「我們先聽一下小靜的判斷再說。」

「我覺得軍師的話完全沒有道理，盛遠對本小隊很有必要，他很厲害、很厲害，會很多軍史呢！而且他答應如果我們幫他奪回名節就加入的說！」李靜不服氣似的鼓著臉頰瞪視著黑長直髮女生。

原來那個黑長直髮女生就是軍師，而另一個就是大帥……不用猜，那個蒙面的傢伙不是忍者，就是●●組之類的稱呼。

冷酷的女軍師笑道：「我們沒有必要招募這種淫棍進來——」

李靜反擊：「軍師只不過是對男生有偏見的說！」

被道破事實的女軍師擺了擺手，臉紅耳赤地反駁：「絕對不是因為我對男生有偏見哦！絕對不是！而是我知道這個人心術不正！什麼奪回名節、洗脫汙名，這是他用來接近小靜妳的手段，一定是！」

「盛遠他不會的說！」

不知道為什麼，我突然有點感動……嗚……被人信任著的感覺真好～～

「因為他已經對我做過這樣那樣的事，所以如果他真的是軍師說的那樣，大可不必跟我過來的說！」

在李靜說出這句話的時候，我感覺到三道寒芒直衝我而來。

立即、馬上——把我的感動還回來！

「什麼這樣那樣的事！我什麼都沒有做！」

「就是在黑黑的機電房裡，然後只有兩個人獨處，什麼卡住了……這樣那樣……難道不是的說？」李靜歪了一下頭，用可愛的圓臉說出可怕的「事實」。

「我沒有討厭男生，絕對沒有……」軍師嘴角現出一絲殘忍的微笑，「不過，大師請批准我殺了這個人形淫棍！」

「不可以的說！」李靜擋住了軍師。

「連小靜這種幼女都敢出手？」

受到狂暴氣勢的震懾，時常自比武士王正義伙伴的我，害怕得只敢躲在李靜的身後。

「那個……」

「小靜放開我，我要殺了這淫棍、畜生！」

「不會的說……」

「好了好了，先不說他是淫棍還是淫蟲，又或者是淫魔，反正我們欠缺這種進攻欲望強大，而且取得條件簡單的成員啊！」大帥說著讓人難以理解的勸說。

「不行，我官冰蕙是軍師！」軍師官冰蕙瞪了一眼大帥。

大帥退縮，「大帥在這邊揮手哦——」

「盛遠的行動力很強，唔……當初他就對人家很強硬的說……」

「就說了這傢伙是個淫棍！連幼女體型的學姐都不放過的大淫魔！不可以把小靜放到他的身邊！不，任何雌性都要遠離他十公尺以上才有保障！」

蒙面女生插話道：「同意，聽著有那麼一點道理。」

經過一輪「我完全不知道在說什麼，但肯定是在圍繞我」的討論之後，她們得出了一個奇怪的結論——

「果然是極惡變態鬼畜蘿莉控淫棍魔王。」

「點頭，真不愧是極惡變態鬼畜蘿莉控淫棍魔王。」

「……是極惡變態鬼畜蘿莉控淫棍魔王的說。」

「終於完了嗎？」雖然物理層面上不太疲憊，可是心理被摧殘得不成人形的我弱弱的舉起手發問：「其實我到現在都不是太明白妳們到底是在說些什麼，請問可以解釋一下嗎？」

所有人把視線集中在一直沒有參與討論，一直盯著我看的大帥。

大帥肯定的朗聲道：「不用多言，本大帥決定幫助你奪回名節，所以你這個極惡變態鬼畜蘿莉控淫棍魔王正式加入我們戰爭本部！」

什麼？

「我才不是極惡變態鬼畜唔——蘿莉控、淫棍魔王！」因為太過激動，我不小心咬到舌頭了。

大帥皺起眉頭，拉高了音調問道：「真的不是？」

「他就是那個人，沒錯的說！」李靜肯定地說道。

「等等……」我猛搖著頭，不斷擺手辯解道：「我絕對不是什麼極惡變態鬼畜蘿莉控淫棍魔王！」

這次我沒有咬到舌頭，可是她們望著我的眼神漸漸變得不對勁起來。

「嘿嘿嘿！」大帥突然笑了起來，「不用偽裝了！」

「我沒有偽裝，我真的不是——」

「一定是這樣！妳看他一直在否認，不就是在做最後的努力嗎？就像岳飛到死的時候，還寫下《滿江紅》一樣！」

看著大帥挺著胸膛說出這樣毫無遮攔的話，我全力吐槽道：「正常人也會否認，而且跟岳飛他老人家根本沒有半點關係！別岔開話題！」

大帥自圓其說：「你一定是想以這樣的心態騙我們吧？放心，這裡所有的人都認清了你的真面目，因此這種手段，還是別對我們用！」

「啊——呀！聽我說話好嗎？真的不是那樣！」

可惜眾人不約而同地點了點頭，彷彿大帥說了什麼很厲害的話一樣。

「好吧，妳們喜歡怎麼說就怎麼說好了。」我無奈地搖頭，因為我發現和相信地球是方的白痴解釋地球是圓，並不是一般的困難。

「呵呵，本部相中你了！」大帥又再度狂笑著，然後舉起她的雙手，彷彿是指揮戰鬥的大將軍，「你們想想！武田信玄有一支強大的赤備騎兵，公孫瓚有白馬義從，更別說羅馬帝國的重步兵了！」

「是啊……」軍師官冰蕙不自覺地點了點頭。

「我看中了這人的正面突擊能力！」大帥站了起來，把本來披在身上的制服外套帥氣地向後一拋！

「我們有最好軍師、有最強的偵查兵兼特種部隊、最佳的內政後勤達人以及最好沒有之一的指揮官……可是、可是我們差了什麼？」

李靜試著問道：「士兵？」

「沒錯，我們戰爭本部差了一個可以衝鋒陷阱的大兵！」

「大兵個頭！」

吐槽無力了，這女生的腦子可以再奇葩一點嗎？

「你看，有人可以如此擺出極為無辜的表情，說著相反的違心話嗎？還有——」大帥指著我，臉不紅、耳不赤，氣勢十足地說道：「連野外露出什麼的、推倒蘿莉、強上學姐、偷婆婆的水果這樣那樣的無恥行為都可以做出來，由此得知這人已經無底限，是最底限了！」

我弱弱地向自己確認：「我是個思想健全、正直的男高中生……」

「行動力比我們所有人強，正是最好的大兵人選！」大帥握緊了拳頭，彷彿為最後一擊做出準備。

「不好意思，雖然妳們說得很認真，不過我真的不是妳們所說的那樣……」

這群人沒有給我解釋下去的機會，全都是不聽別人解釋的傢伙。

大帥直指著我，「因此……同學你的名字，除了極惡變態鬼畜蘿莉控淫棍魔王之外，還有其他嗎？」

「我不是——」

「江盛遠，叫他盛遠就可以的說。」李靜興奮地拍起手掌，就像是發生了一件十分值得高興的事一樣。

……她什麼時候成了我的代言人？

「嗯嗯，那現在加上我的一票，就是三票贊成、一票反對！」大帥伸出拳頭，然後大聲吼道：「極惡變態鬼畜蘿莉控淫棍魔王，又名盛遠，正式加入『戰爭本部．零七小隊』！」

等等，我的意見呢？

「歡迎極惡變態鬼畜蘿莉控淫棍魔王！」

「點頭，看好你極惡變態鬼畜蘿莉控淫棍魔王，又名盛遠的新成員。」

「切……」

「什麼時候極惡變態鬼畜蘿莉控淫棍魔王成了我的本名！」我抗議的向她們說。

大帥再次無視我，把一張空白的紙遞到我的面前說道：「在這裡印個手印再簽名，我要給你做一個名牌。」

「等等……我好像沒有說過要加入——哇——」

瞬間我的手被李靜抓住，強行印到那張白紙上。

「喂喂！」

「不用害羞啦，大帥說過會幫你的說！」

我完全不明白為什麼這女生的力道可以那麼大，還有這是哪門子的幫忙？這明顯是讓我賣身的前奏！

「不——」

經過了一會的掙扎，我放棄抵抗，隨便在一個位置簽了名。她們就宣布散會，明天再續。

◆◎◆※◆※◆◎◆

回到家門前，我才發現剛才似乎沒有做過任何有關洗脫汙名的事……

結論：奇怪的地方加上奇怪的人？

我搖了搖頭，拉開家門。

「歐尼醬！」

一個穿著裙子的傢伙直撲向我。

我二話不說、毫不猶豫地欠身，卸力一甩，把他丟出家門，讓他與地面完成了一次親密接觸。

「哇啊──好狠心的歐尼醬……」他梨花帶雨地哭道。

「誰都應該對你狠心。」

為什麼是用「他」？

因為就算是穿上裙子，他還是一個不折不扣的男生──比我小三歲，同父異母的弟弟。

「今天又換了一個花招嗎？」

他揉著額頭，用一張可愛得犯規的臉，楚楚可憐地說道：「不是說『哥哥』最喜歡妹妹的飛撲嗎？」

這張臉加上女裝和長髮，要是不知道他是男生的話，一定會以為他是女生，而且是十分可愛的女生……

因為是兄弟，所以我的模樣跟他差不了多少，同樣比較秀氣，可是我絕對不會穿上女裝，也不會做女裝的打扮，我可是雄糾糾的武士王正義伙伴！

「不好意思，我沒有妹妹。」我冷冷地說道。

「那明天做其他的好了，對吧～～～」他歪了歪頭，用著催吐一樣的假音說道：「歐、尼、醬。」

「啪！」

關上了門，現在是讓那傢伙在外面好好反省一下。

「開門！」

他一邊拍著門，一邊大叫道：「歐尼醬——開門！」

我無視了弟弟的求救，走進客廳。

沒有了女裝怪人弟弟之後，感覺我的世界正常了一點。

「幫媽媽煮泡麵好嗎？」

客廳中，媽媽的目光和精神這時正專注並鎖定在電腦的螢光幕上，手在鍵盤飛快舞動。

「還有～打個電話給你爸，讓他回家時幫我買點數哦！我要拚一百連抽，這一次一定要轉出來！」

電腦上正運行著的是現下最流行的電玩遊戲，而在電腦桌旁邊，就已經有四個還未洗的碗公……

「是是，我知道了。」

一個變裝的偽娘弟弟，一個沉迷電腦遊戲的媽媽，還有縱容這些傢伙的爸爸……

其實我的世界也不是那麼正常就是了。

◆◎◆※◆※◆◎◆

第二天放學之後，我再次來到那間詭異的特別實驗室。

因為昨天的會議在決定我成員身分後就宣布散會，所以什麼都沒有討論，有關幫我奪回名節的事仍是空中樓閣。

而且到目前為止，我只知道這是很神秘的組織……

嗯，直到現在我都只知道名字的神秘組織。

左右張望了一下，涼風吹過，我不爭氣地打了一個冷顫，走廊上除了我之外，連一個人也沒有。

「還是回去吧？」

我來的原因其實連自己都不太清楚，也許是直覺這裡會有讓我在女生眼中改變印象的機會。因為我絕對不是極惡變態鬼畜蘿莉控淫棍魔王！真正的我，是上進、正直、思想健全的大好高中男生江盛遠！

推開門，特別實驗室內沒有人而且漆黑一片，我隨手按下牆上的電燈按鈕——

「登、登登！」

這、這……這是鬼嗎？

不過我很快就發現只是頭頂上的燈管問題，那顆似是靈魂寶石大小的啟動器，正在用盡全力地想要讓燈管工作而發出的奇怪聲音。

「呼……」

燈管在閃爍了十多次之後，「特」的一聲，終於成功亮了啟動。

看著空無一人的特別實驗室，手錶上顯示著現在正好是集合時間，我沒有早來也沒有遲到，剛好準時。

「什麼啊……昨天不是叫我這個時候出現的嗎？」

等等！

回顧昨天那個詭異的情況，幾個神經有問題的女生、讓人不寒而慄的對話、加上只有蠟燭的聚會……難道昨天只是這個特別實驗室惡靈的惡作劇嗎？

得出這種想法的我，背上冒出冷汗，轉頭就想要走出時——

「竟然來了。」

門被拉開，出現在面前的是那個擁有模特兒的臉蛋、魔鬼般的身材、悅耳動人的聲音，不過卻對我異常反感的黑長直髮軍師官冰蕙。

「是、是啊……」我退後了幾步，不過她連再看我一眼的想法都沒有，逕自走到她昨天就使用著的位置。

還好……

她們只是遲到而已，不是鬼魂……真心太好了！

我試著向她打招呼：「那個、妳好。」

「有你在不太好。」

說罷，她似是想起了什麼，從那個有點鼓起來的背包把東西一一拿了出來：口罩、塑膠手套、消毒酒精、棉花、空氣清新劑，以及一件大衣……

是病毒爆發還是外星人入侵？

「請問妳在？」

官冰蕙戴上所有可以戴上的東西，再於校服外套外面加上大衣，把她的身體包了一個嚴實後，才解釋道：「這些是面對極惡變態鬼畜蘿莉控淫棍魔王時的必要手段。」

我愣了一下，這女生對我的偏見，深得快要不可見底……

難道她不知道說這種話很傷一個少年的玻璃心嗎？

「座位是這裡……」說著的同時，她把消毒酒精灑到一個圓桌旁的位置，開始她的消毒行動，一邊對我說道：「這是你以後的位置。」

她不只在言語上排斥我，還在各種意識形態上，發展出一套讓我快要找個洞鑽進去的自卑感。

嗚……

不……不可以讓自卑感坐大！

我要讓整個學校的人都知道我是一個思想健全又正直的男高中生，而不是極惡變態鬼畜蘿莉控淫棍魔王！

因此，我決定跟她進行「程度二」的交流。

沒錯，我要先從她開始著手！

羅馬不是一天建成，想要用一次澄清就扭轉別人對我的印象？那是不可能的任務Mission Impossible！

所以——

「對了，我還不知道妳的名字呢……」

跟陌生同學展開話題的第一步：問對方的名字，就算已經由其他途徑知道，也可以用此來打開話題。

「誰會告訴你啊！」

……總感覺這話有點似曾相識。

「我們都是同一個社團的成員，不知道對方的名字不是很奇怪嗎？」我強硬地把話題定在這方面。

只是為了改善她對我的印象，絕對不是因為「漂亮女生一定要知道名字和電話」的定律。

「啊哈？這什麼爛理由！」

以為這樣我就會退回自己的位置劃圈圈裝自閉？

不，我怎可能投降！

寫作承認，讀作勝利！上啊，最強的武士王正義伙伴——江盛遠！

「不是爛理由哦！既然我身為『戰爭本部．零七小隊』的一員，就有義務讓我們向著偉大的目標前進，而前進的最快途徑就是了解同一條船上的伙伴……」我用著十分真摯的眼神盯著她，徐徐地說道：「而了解伙伴的第一步，就是由名字開始。」

她皺起了眉頭，似乎有點認同我的話，撇嘴輕聲道：「……官冰蕙。」

成功了！

得到名字是第一步，果然我的正義伙伴格言沒有搞錯。

之前的失敗，只是因為在中途出現了李靜這個不可抗力的因素，才無法在高中當上受歡迎的人而已。

不——

現在斷言自己不受歡迎還是太早了。我需要扭轉她們的對我的印象，成為高中新人王！

「那個，我叫江盛遠。」我臉上保持著可親的微笑，微笑是解除心防的重要之物。

「廢話。」她冷哼了一聲，從黑色背包中拿出一本小說，擺出一副「不要找我聊天」的冷漠樣子。

「哈哈……」這是裝傻的時候，利用笑聲拉近距離。

——去吧盛遠！

在她又轉頭看向我的時候，我停止傻笑，說道：「看我像個傻瓜一樣，明明都『被』自我介紹過一次，妳又怎麼會不知道我的名字呢？」

「嗯。」官冰蕙完全沒有興趣似的應了一聲。

完全沒有興趣……

這真糟糕，不過我還有第二招：製造一同討論的話題。

官冰蕙……官兵衛？軍師？

對了，這是個基本上有玩過戰略遊戲、讀過日本史的人，大多都知道的名字——秀吉兩兵衛中的黑田官兵衛。

雖然無法肯定是不是這個原因，不過不試探出弱點，奧特曼又怎可能打倒大怪獸呢？

「官冰蕙喜歡日本戰國嗎？」

她的視線沒有離開小說，頭也不抬的回應道：「嗯，算是吧。」

好，這就有話題了！

我相信只要在日本戰國這個點上再深入下去，就一定可以打開話匣子，到時可以扭轉我在她心中的形象，最後成功改變一個人對我的看法！

凡事實事求是，如果不能一次讓所有人對我的印象扭轉，那就唯有一點點把別人對我的印象轉變！

「官冰蕙、官兵衛……」我裝作恍然大悟地叫道：「那不就是天下人秀吉既倚重又忌憚的軍師黑田官兵衛嗎？」

官冰蕙合上了小說，轉頭問道：「哦，你也知道？」

「當然！」我裝作興奮地一拍手掌，「那麼有名又厲害的人，我怎麼可能會不知道。」話題打開！

「看來你不只是個單純的淫棍呢！」她提高了音調，聽起來像是在諷刺我一般，不過總比不說話來得好。

「我本來就不是淫棍。」

官冰蕙似乎不想聽我的解釋，擺手道：「你知道哪些有關官兵衛的事？」

雖然我不是很精通日本的歷史，可是在這個「遇上不明白就可以馬上wiki」的年代，根本沒有什麼是不知道的。這是只要你有按下按鈕的衝動，天下事都可以了解到的時代——大搜尋時代！

「與天才軍師半兵衛齊名、秀吉手下的兩大軍師之一、扶助秀吉成為天下人！」

「果然有點了解……不過你怎麼看官兵衛？」

嗯？

這是想要我回答真心話，還是恭維話呢？

如果還是國中的我，一定會以真話回答：如果官兵衛在三國時期，應該是比不上《三國誌》裡的諸葛亮，更別說賈詡、郭嘉那些正統軍師。

可是……

這是個相關詞，官冰蕙和「官兵衛」。我依稀記得武士王在打倒女性怪人的時候，曾經說過一個道理：這個世界的女性即使表示不喜歡別人對她說謊，但她們都喜歡聽別人稱讚她的話，重點是她們並不管那些話是不是謊言。

因此，我將要說善意的謊言！

更何況我眼前的官冰蕙是個自尊心十分強的女生，要是在這個時候拍一下馬屁，也許會有很不錯的效果。

「官兵衛是天下第一軍師，就算以他來對比三國時期的郭嘉、諸葛亮等人，都沒有任何問題！」

「你說謊。」

……她怎麼會知道我在說謊的？

「你這傢伙果然不只是淫棍那麼簡單。」官冰蕙搖了搖頭，在我辯駁前，她又說道：「想拍馬屁討好我？以為我像那些被你推倒的蘿莉一樣好騙嗎？」

「等等……」雖然前一句是正確無誤，可是──「我沒有騙過、又或者推倒過任何一個蘿莉！」

「不用狡辯了。」

「誤會──」

「你的狩獵範圍不只在蘿莉，連學姐也可以嗎？」她冷冷地笑了一聲，一副像是看穿了我的眼神，「看來是我小看了你的行動力！」

「……請問妳是在說中文嗎？」

「不要裝傻，我都已經看穿你了！」

為了解開這個誤會，我馬上解釋道：「我其實對妳完全沒有感覺，妳在我眼中一點魅力都沒有！」

可惜這一句話沒有解開她對我的誤會，更是讓官冰蕙突然爆發──

「果然是一直在說謊！本來只是想試探你，想不到你是為了把這裡變成自己的後宮，就像那個人一樣吧？告訴你，門都沒有！我會把戰爭本部保護得完全沒有死角，你死心吧！」

……這傢伙妄想過頭了。

「還有，不要接近我十步範圍之內！」她指著窗邊的一個位置，似乎是想要讓我把本來坐著的位置搬到那邊去。

為什麼她對我的偏見好像越來越嚴重？

「快點！」

「是……是……」

大概過了十多分鐘，在我數著窗戶旁的螞蟻家族時，其他的成員終於出現。

「早啊！」

「今天班會開晚了，對不起的說。」

「微笑，兩位真準時。」

她們三個人像是沒有感受到在這個實驗室裡我和官冰蕙之間的詭異氣氛，直接就開始了會議。

「因為昨天沒有時間，所以今天開始重新自我介紹……」大帥坐在她專屬的位置上，瞄了一眼還在窗戶旁坐著的我，皺眉問道：「極惡變態鬼畜蘿莉控淫棍魔王，你怎麼會坐在那個地方？」

我尷尬地搔著頭，瞄了一眼正將筆記型電腦從背包拿出來的官冰蕙，說道：「軍師讓我坐在這裡的。」

等等……我好像有些什麼忘記了。

「疑惑，極惡變態鬼畜蘿莉控淫棍魔王為什麼要離這麼……」

「對啊，盛遠回來這邊，姐姐旁邊還有位置的說。」

沒錯——我什麼時候接受極惡變態鬼畜蘿莉控淫棍魔王就是我的名字！

「我絕對不是極惡變態鬼畜，唔……蘿莉控淫棍魔王！」我又咬到舌頭了。

大帥無視我的反駁，轉頭看向官冰蕙。

官冰蕙則全副武裝地解釋道：「這是安全距離。」

大帥愣了一下，認同道：「有點道理。」

「點頭，安全距離。」

「雖說姐姐也贊成，不過有點可憐的說。」

她們幾人沒作多想，馬上就同意了。

難道我接下來的社團活動也要坐在窗戶旁嗎？這不是有點可憐，而是十分可憐哦！

「現在有關位置的問題先告一段落，接下來是自我介紹！」大帥馬上轉移了話題，高舉起手，情緒高漲。

李靜，我早就知道她的名字，可是馬前卒是她在社團的職位，聽上去十分挫，但她本人卻似乎以此為榮。再說，社團的所謂職位名字都是按自己的喜好安上去，沒有實際的高低。

如大帥真名是張玲，不過大家都只叫她大帥。

官冰蕙是軍師，我已經知道……

最後是完全把臉蒙上、加上短髮的不明性別人士，名字是看不出是男生還是女生的「蜘蛛」，職位是意義不明的 MI6。

順帶一提，在戰爭本部的怪人裡，就只有我一個是一年級生。

認真一點想，其實這裡除了我之外，並沒有不怪的人。

「大家都認識過之後，就是向新成員解釋我們組織的活動目標！」

「哦！」

來這麼久，其實就是想聽聽這一段介紹而已。

大帥也即是張玲微笑道：「我們不是一個合法登記在學校社團手冊上的組織。」

這個我早就知道，因為這個實驗室根本是不能使用又禁止進入的地方。

「而且我們是被學校列入黑名單的學生！」

我非常意外地睜大了眼睛，「嗯？」

「我們有著不同的過去，所以就先不討論這一個問題了！」張玲擦著鼻子，「你一定會想問，戰爭本部的成立目的吧？」

「沒錯……」

「你不認為這個學校有太多不公？太多不知所謂的規條嗎？」

我呆了一下，結結巴巴地問道：「什、什麼？」

「我們在跟這個專橫的學校抗爭！」張玲展開雙臂，激昂地說道：「因此我們稱自己為戰爭本部！」

「抗、抗爭……？」

「零七——是因為經過了六次前輩的傳承，這一代正好是是第七代，理所當然的我就是第七代目大帥！」

我發現這跟我之前想的沒有分別，這絕對是個壞學生聯盟……

為了進一步的了解，我馬上提問：「那、那先前的大帥下場是怎樣？」

「被退學！」

「全、全部？」

「無一例外。」張玲自豪地大笑著，「而且連成員的退學率也達到九成九！」

「……請問是真的嗎？」

官冰蕙插話道：「我現在的戰績是三次小過，警告四次。」

「大過一次，小過一次，警告……已經沒有記錄了。」張玲道。

「納悶，大過一次，小過兩次，警告十七次。」蜘蛛道。

「姐姐是大過兩次，小過一次，警告……嘻嘻，無數的說。」李靜誒嘻嘻地笑著，就像她很厲害的樣子。

這群人自豪地挺著胸膛，報出這樣毫無遮攔的「成績」，真的沒有問題嗎？接下來，所有人一致地看著我，就像是在等待我報出戰績一樣。

「我、我……」我吞了一下口水，壓力讓我變得結結巴巴。我伸出一隻手指道：「那、那個嘉獎……一次？」

「欸？」

「學生會派來的臥底！」

「怒視，是叛徒嗎？」

「我……我也不想的……嘉獎是因為我平時有兼任圖書館管理員，所以圖書館的老師才給我的……」

為什麼嘉獎在這個地方就變成了壞事！

「大家少安勿躁。」張玲單手托著臉，認真地說道：「請不要忘記他的名字是極惡變態鬼畜蘿莉控淫棍魔王，頂著這個名字哪會是好人！」

我有種理解張玲的話就輸了的感覺。

說著這話的同時，張玲把手中一張紙高舉，在那上方有著極惡變態鬼畜蘿莉控淫棍魔王這個名字，還有我的手印以及簽名……

「等——等！」

我記得打手印的時候沒有極惡變態鬼畜蘿莉控淫棍魔王在上方！

「這就是入團的投名狀，而且要是我把他這個罪狀送到學生會，那他馬上就可以得到足夠的榮譽徽章！」

——在投名狀下有不同的認罪記錄。

「什麼偷拍女生裙底？又什麼洗手間裡偷窺加上放置針孔攝影機鏡頭？還有不純潔的異性交往？我完全沒有做過！」我一個箭步衝上前去，想要把那投名狀撕了。

然後，我被李靜攔下。

「不會讓你拿到的說。」

她是吃了菠菜的水手嗎？為什麼一個比我矮的女生，會有這麼大的力氣……

「我沒有做過——」

「可是盛遠……」張玲望著我，輕輕搖了搖頭，嘆道：「你已經回不去了。」

啊……回不去了？

再掙扎了一會，看到大帥把投名狀收好之後，李靜才放開頹然無力的我。

「我才沒有做過那樣的事好嗎……」太可憐了，我這麼正直、上進、思想健全的男高中生，要墜入這個可怕的陷阱了。

「現在就把這張罪狀交上去嗎？」官冰蕙眼裡似乎閃爍著不知名的詭異光芒，就像魔鬼一樣。

我本來以為她沒來攔阻就是好人，原來同樣是個可惡的壞人。

「不，本大帥一向不強逼人的。」

「我覺得身上放著那種投名狀的人，說這一句話時，連半點說服力都沒有！」我反駁。

「大帥不強逼人的說！」

「點頭，大帥威武。」

這一群人都被洗腦了嗎？別那麼快就忘記那張用來威脅我的投名狀！

「我覺得榮耀徽章由他自己去爭取才可以！」張玲笑了一聲，十分邪惡地說道。

「我才不會去爭取『警告』！」

不過她們好像沒有聽到我的話，官冰蕙最先同意道：「本部還有很多任務需要處理，正好讓他去進行試練，還有測試他是否合格。」

「沒錯的說！」

「贊成，這是個不錯的提議。」

接著，她們四人的視線都集中到我身上，就像是看到獵物的獵犬。雖然被女生聚焦應該是件好事，可是她們的目光實在不太對勁……

「請、請不要這樣好嗎？」

感覺好奇怪……連我自己都要變得奇怪了……

「那──」張玲用力拍在圓桌上，說道：「交易吧！只要你完成戰爭本部的任務，成為我們的一員，我就幫你奪回名節！」

在眾人熾熱的目光、投名狀的威脅、洗脫汙名的壓力下，我無奈地點了點頭，「希望妳不會騙我。」

「哈哈──讓盛遠成為一個擁有徽章的戰士計畫正式展開！行動代號：『當一顆徽章閃亮攻擊會越強』！」

李靜跟著起鬨：「──哦哦喔！」

……我有種命途多舛的感覺。

▼ Chapter.3 ▼

來自組織的試煉……豆腐觸感！

要問我是一個怎樣的男生？

我一定會回答：「我是一個思想健全的正直男高中生。」

不過，現在我卻以幾乎超越人類可以做出的姿勢，把自己折起來似的塞進一個狹窄的書櫃中。這明顯不是一個思想健全的男高中生會做的事。

為什麼要做出這種像是傻瓜的行為？

「一會放學要一起去吃冰嗎？」

「嗯嗯，是要去哈根達斯嗎？」

「妳是想去看帥哥才對吧！」

「討厭啦～～」

因為外面是一群女生，而且不是普通狀態下的女生，全都是身上只穿著內衣，正在換衣服的女生。

為了不被她們發現，我強忍著沒有太大聲呼吸，生怕驚動外面正在換衣服的女生。

重申一次，本人是思想健全的正直男高中生，因此並不是為了看這種景色才來這裡。

我之所以會出現在這個地方的原因，只是昨天張玲她們所說的任務而已。話說回來，今天早上我突然收到大帥張玲傳來的簡訊——

「到實驗室裡來，不來的話就……嘿嘿嘿！」

我抱著赴死的心態去到實驗室，然後理所當然的獲得一個任務：她要求我在放學後，到二年甲班教室，將傳單塞進各人的抽屜中。

雖然我並不想做這樣那樣的事，可惜我的名字已經被記錄在投名狀上，所以反抗未能成功。但不管怎麼說，現在只能硬著頭皮幹了……

「闖練、闖練！」只見張玲振臂，說著那句有點名氣的句子向我鼓勵道。

我似乎應該要回應「爸爸的花兒落了，我也不再是小孩子了」這一句才對。（注：與前句「闖練」皆出自林海音《城南舊事》中的《爸爸的花兒落了》。）

但不到一會，她又化身成惡魔對我恐嚇道：「如果不做的話，我不會幫你洗脫汙名，而且是更進一步把這東西交到學生會的手中，到時你的名節——嘿嘿嘿！」

「……是的。」

當時抱著傳單的我，本來只以為是個很簡單的任務……

「哈哈——妳男朋友今天弱弱的。」

「嗯……那傢伙真蠢，踢球竟踢到自己！」

「是呢。」

當我來到二甲班教室不到三分鐘，那群二甲班的女生突然回來了。無計可施下的我，只剩下躲起來一途。

為什麼這群女生會在教室裡換衣服？學校不是有提供更衣室嗎？這問題在女生的討論之中，聽到了答案。

「在更衣室放針孔攝影機的人找到了嗎？」

「對啊，都不知道是誰做的！」

「要是我找到那個犯人，一定將他碎屍萬段！」

我十分認同這個女生的話，要是我找到他，也一定要把他繩之以法！這種思想不健全又不正直的淫棍，真是我們男生之恥！

恥……？

淫棍、偷拍？

等等！我回想起那一張投名狀上，像是有寫過差不多的罪狀——洗手間裡偷窺加上放置針孔攝影機鏡頭。

那、那不就是說犯人是大帥張玲本人嗎？

「……嘿嘿嘿！」

我彷彿聽到張玲的笑聲，笑得那麼狡猾，犯人一定是她！

不過別人可不知道張玲的劣行，只要投名狀暴露的話，犯人絕對就會變成我……

這是陷阱！絕對是陷阱！可惡，我竟然會相信張玲那傢伙來做這種潛入任務？還相信她會幫我奪回名節？我天真得無可救藥！

「呼……」

冷靜一點，我是一個正直、上進、思想健全的男高中生，不是淫棍，絕對不是！那種事我不會做的，就算現在我身處這種環境也沒有看出去一眼，就知道我是個正直的男高中生。

不過，為了不讓別人再次誤會，我決定躲在這裡。

「啊……呀？」

一聲嬌滴滴的驚呼傳入我的耳朵中，接著——

「號外、號外！冰蕙她已經變成一手不能掌握的尺寸！」

外面的女生之中，有官冰蕙存在？

「我又來——！」

本來應該是冷冷的官冰蕙，這時的聲音聽起來就像少女一樣——

「不要……啊——哇——」

「最近交男朋友了嗎？」

「才沒有——嗯～啊～～～」

這、這是冷酷少女軍師官冰蕙被揉胸而發出的嬌喘聲音嗎？啊呀、真是妒嫉啊！

……不對，真是邪惡！到底是誰？就算雙方都是女生，這也太不健全了！

「一定是有男友，聽說揉啊～揉啊～～就會變大。」

「真的、沒有……嗯……」這是又發出嬌嗔聲的官冰蕙。

真是不敢想像，真想看一眼到底是誰在施展這種魔法……但我是不會看的，因為我是一個正直、上進、思想健全的男高中生，而不是所謂淫棍——

「不要！才剛剛穿好妳們又來……哇哇……嗯……」

「喔呵呵！」

我發覺自己的鼻腔似乎已經流出鼻血了，就算只聽聲音，也實在太刺激了一點。

「不要，不要脫這個！」

「哦哦哦——」

外面那一群到底是男生還是女生啊？感覺比起色狼還要張狂！雖然我很想看，不過被發現的話，就是絕對的死刑，因為官冰蕙是不可能會放過我。

「粉紅色的哦～迷人 Pink Lady～」

「不要說出來！」

我吞了一下口水。

之前的結論是：被發現才會有事！

那如果……只是如果……也就是如果、萬一、可能——我沒有被發現的話，那就什麼事都沒有！

「啊、呀、唔……」

一邊是感性的魔鬼，一邊是理性的天使，而我是個健全的男高中生，所以、所以……就偷、偷看一眼好了，我發誓只看一眼！

於是我從間隙之中看過去——

「唔——嗯——！」

那衝擊得如同一百顆原子彈直擊的畫面：衣衫不整、半裸著的官冰蕙，正被三個同樣只穿著內衣褲的女生架住手腳，胸部上覆蓋著一隻隻淫蕩的小手，官冰蕙一臉潮紅地反抗著。

這……唔……直接攻陷鼻孔的防線，「噗」的一聲，鼻血就那麼流了出來。

「好、好像有些奇怪的聲音？」

不行，感覺自己墮落了一樣，我馬上收回視線，捏著鼻子讓紅色的血液不要再流出來。

「聽錯了吧？」

「應該是。」

……感謝天國的親生母親，你們讓我出生在這個世界真是太美好了，要是讓我在這裡死了也行！

正當我猶豫著要不要再看一眼時，外面那群女生已沒有再玩下去的心思，開始換衣服。過了大概五分鐘左右的時間，外面的教室裡已經沒有任何人。

我再待了一會，才敢把書櫃的門推開，卡卡的幾聲之後，由櫃內滾了出來。我馬上用衛生紙把正在流血的鼻子塞住，這樣流鼻血就不會阻礙到任務的進行——

「好了，快點把任務完結就可以了。」

接著把一同和我在書櫃待了一個午後的傳單拿了出來。

【對學校有不滿嗎？想要抗爭嗎？想要打倒惡政嗎？】

【如果是那樣，就到 **裡．論壇：www.war-club.com** 留言，或把你的期望寄到本部的電子信箱吧！】

傳單的式樣有點舊，大概很久之前就已經印好。不過怎樣都好，我的任務只是把這些東西塞進抽屜就可以了！

用不到幾分鐘就完成，可是手上的傳單量還很充裕……

張玲想要我到另一個地方派發嗎？

想到這個問題後，我向張玲發了一則簡訊。話說回來，戰爭本部的成員中，就只有官冰蕙還沒跟我交換手機號碼。

但，反過來說——

我有其他成員，其中包括兩個女生以及一個性別不明的人的手機號碼！

這是我學生生涯中，有史以來第一次擁有除了家人外的女性手機號碼，而且更是第一次由高中同學手中得到手機號碼！

這個成就讓我暗地裡興奮了一小段時間……

「You are the choesn one——」屬於簡訊的音樂。

「張玲：先過來本部。」

「張玲：有新的任務。」

因為剛剛看完一生都不會忘記的震撼畫面，所以現在我沒有太大的反抗心理，漸漸變得不太抗拒去做其他任務……

但是，當我推開二甲班的門時，發現自己似乎輕鬆得太早了。

「——哦？」

在教室外的走廊，我看到了讓現在的我想馬上轉頭跑掉的人物——官冰蕙。

「妳、妳好。」我生硬地向她打招呼。

可能是因為剛剛體育課流汗的關係，她把本來的黑長直髮紮成了馬尾髮型，看起來是另一種的清爽感覺，只不過不變的是她依然十分漂亮。

「好——？」她瞪著我，拉長了尾音。

「今天天氣好像不錯……」我搔了搔頭，嘻嘻地假笑了一下，臉變得僵硬，問道：「要、要不要一起去實驗室？」

她搖了搖頭，一步步向我進逼。

「那個大師說有任務……要儘快趕過去才是……」

突然間，她的臉上拉出了可怕的笑容，就像喪心病狂的魔王。

我打著哈哈，邊退後邊說道：「那個……今天天氣真好……」

在跟我只有十步的距離時，她停了下來。

「話說我只是路過——」

官冰蕙一揮手，打斷我問道：「你想怎麼死？」

她已經知道了？

不自覺地退回教室裡，我搖頭擺手，極力地否認道：「不、不……這時不是應該問『你想死嗎』、『你看到什麼嗎』、『為什麼由我們班的教室走出來』之類的句子嗎？」

「你、想、怎、麼、死？」

好、好可怕……

這與平常那個冷冰冰的官冰蕙不同，是完全黑化，是一定要我死的節奏！

「等等！」我仍在後退著，更試圖向她解釋道：「是有原因的！」

只是這樣的話並沒有任何作用。

官冰蕙嘿嘿地笑了兩聲，臉上帶著猙獰問道：「原因嗎？是這樣啊，原來你想要有『原因』的事故死亡！」

「不、不，絕對不是要死亡——」

啪的一聲，一直向後退的我，終於到了退無可退的地步，撞上了窗戶的百葉窗簾。

「末、路、了、哦！」

「等等，聽我解釋——」我擺手大叫道：「我真的不是有心想要偷看的！」

「哦哦？」完全黑化的官冰蕙握緊了的拳頭，「來別人的教室，躲藏起來，偷看別人換衣服，這不是有心的話，那什麼是有心？」

說罷，她的拳頭發出了啪啦啪啦的聲音，一副用盡全力的壓迫感。

「等等——」我雙手交疊放在身前防禦，同時說出應該是最後的辯解：「我、我絕對沒有偷看，完全不知道妳被一群女生架起來胸襲，更看不到妳穿著粉色內衣！我是真的什都沒有看到啊——哇——」

肚子被重擊！

眼睛一黑，窒息的感覺同時出現，完全無法呼吸，就連發聲也幾乎不能。明明是軍師，但為什麼有如此可怕的力量？這是拳王的等級吧？

「你死定了！」

接著，她一把抓住了我的雙手，使出關節技，將我的手臂反鎖到背後，一推一放之間，我的臉以至於整個人都被壓在窗簾上。

官冰蕙完成整套動作只用不到兩秒的時間。

「哇啊呀——」

因為太大力的關係，我的手被扭到不正常、快要脫臼的狀態。

「痛……痛……」

戰爭本部的人都是暴力魔王嗎？現在我連發力都無法做到，完完全全被她控制住。

「妳、妳想怎樣？」

「聽說有很多國家會吊死淫賊。」官冰蕙那帶著惡意的聲音，傳入我的耳中，「你要用百葉窗的繩子試一下嗎？」

「不不、不要……我真的是有任務才會出現在這裡……」我現在的臉完全貼著窗簾，大叫道：「不是故意——啊呀——！」

聽到我的解釋之後，她壓制我的力道進一步加重，「你以為用藉口就可以了嗎？」

「那不是藉口，是事……唔……實……」

黑化的官冰蕙完全沒把我的解釋聽下去，這時我的身後傳來窗簾的繩子被解下的聲音。

「不要、不要吊死我啊——」

這一刻，我是真心認為這個狀態下的官冰蕙會做出可怕的事。

武士王的反派怪人不是常常說：暴怒的女人，會做出你不可能了解的可怕行為。

黑化官冰蕙道出一貫的壞蛋臺詞：「叫啊——你盡情地叫吧，就算叫破喉嚨也不會有人來救你的！」

「救命，唔……」

「快點叫啊！」

繩子繞著我的身上捆起來，最開始是一雙手，接著是身體……

機會來了！

因為分心捆綁我的關係，官冰蕙壓制的力道稍稍減輕。我不再猶豫，不像面對諸葛亮時的司馬懿，三思之後又再三思，這瞬間、這剎那，就是逃脫的最好時機！

「喝——！」我大喝一聲，爆發出連八神太一（注：《數碼寶貝》男主角）也比不上的勇氣，用盡全身的力量轉身，破開官冰蕙的壓制。

手雖然被纏著，不過並不礙事……

「欸？」

「哇哇——！」

不礙事？

……才怪！

噗的一聲，整個百葉窗簾被拉扯下來，敲到我的身上，接著我們兩人失去平衡、雙雙倒地。轉身的動作沒有想像中華麗，我轉身時完全無法把繩子擺脫，也沒能讓官冰蕙退開，身上的繩子反而纏得更緊。而且對我和官冰蕙來說，更糟糕的事發生了——

「唔——」

「啊？」

她和我一起被繩子纏著，更是以她雙手抱著我的曖昧姿態……正確點來說，我的頭正枕在她的胸部，她的手則是和我的手一同被捆綁在我的身後，總而言之，我們因為繩子的關係而緊抱著彼此。

「啊——呀！」

官冰蕙不斷尖叫、擺動身體，想要將我從她的身上推開，只可惜沒有任何作用。只要她一用力，我們就會被繩子捆得越緊。

而在別人的眼裡，就是我們兩人抱得越來越緊……

「放開我！」

「我……唔……」我想要抬起頭，可是又再次被拉到了那柔軟的肉團上。這應該就是最可怕的刑罰吧？因為我連說一句完整的話也不能……

「死色狼，放開我！」

在那如水球一樣柔弱的肉團上……意識漸漸遠離我……我要死了？

在官冰蕙那豐滿的胸部上，我呈現窒息的狀態。

如果不是在這個時間、這個地點，再加上雙方是你情我願的話，也許這事聽起來會很幸福，可是……小弟真的一點也不想繼續下去……

救我，武士王！

「死……死……了……」

我覺得自己快要看到在天國的母親時，官冰蕙放棄使用暴力，我窒息的狀態因而解除。

「可、可惡……你、你給我轉過頭去！」

大概她明白再用力下去，我們只會越纏越緊這個事實。

「哦。」我把貼在她胸部上的臉轉向了另一邊。

然而，意外再次發生，本來塞住鼻子的東西因此而掉落，鼻血澎湃地湧出！

「糟糕，對不起……」

話說，男生這種生物還真是矛盾，轉開臉後才有點不捨，那觸感真是……

「嗯？」

我發現官冰蕙胸前的領帶鬆開，露出了一小部分的粉色內衣，而且加上被血染成紅色的校服襯衫，那情況完全就像是我用嘴巴把它撕扯開一樣……

毫無疑問，官冰蕙也看到了。

「你這個極惡變態鬼畜蘿莉控淫棍魔王！」官冰蕙再次用力掙扎起來，重新把我拉到那個讓人窒息的地方裡。

理智一點啊，軍師大人！

「我沒有……故意……鬆開妳的……領帶……」

我向在天國的親生母親發誓，本人絕對沒有做過那種事情，一定是衝擊而甩開的！

「不要……我真的沒有……」

我躺在那柔弱的地方，思緒漸漸往其他的方向飄蕩著。

突然間，官冰蕙停下了用力，不可置信的地叫道：「你……你、你！」

「我不是有心的……這是生理反應，絕對不是有意的……」

解釋無效，我再次陷入這個既幸福又危險的大危機中！

「不要啊呀——！」

我閉上眼睛，試圖平復生理反應，在心裡默唸著觀音心經，努力對自己催眠道：枕著的只是豆腐、軟豆腐、豆腐腦！

生理反應漸漸平息，可是官冰蕙依然在用力，「去死吧、給我去死！」

頭埋在豆腐上的我開始後悔剛才天真的想法，我還是一點都不想重現這種情況。帶著哭音，用著模糊的聲音，我在官冰蕙的胸前求饒：「不要再用力……求妳了……我不想成為……第一個……窒息死在豆腐上的人……」

「給我窒息死吧！」

「唔……」

正當我和她重複拉鋸著用力與不用力、窒息和喘息之間——

「是……盛遠嗎？」

我聽到有點熟悉的聲音，而且那些人的語氣帶著驚訝還有恐懼。

「盛遠……你、你在幹什麼嗎？」

不只一聲，還有數道我熟悉的聲音傳來。

連頭都不用轉，根本不用看就可以肯定——對方是我的新同學。

沒錯，就是那些把我的外號改成極惡變態鬼畜蘿莉控淫棍魔王的傢伙。

一號男同學那猥瑣得突破極限的聲音，以極其高亢的聲線，又再傳入我的耳中：「盛遠你在幹什麼？」

因為我和官冰蕙的身體正緊貼在一起，所以感覺到她的身體變得僵硬，開始輕微的顫抖，心跳比之前快了十倍以上。

我轉過頭，看向那些在課室門口經過的同學們。

「下流！」在四天之前關係不錯的二號女同學馬上轉身離去。

我已經無法做出任何的反應了，沒錯，連傻笑之類的掩飾都已經做不出來……

一號男同學和三號女同學一邊把門關上，一邊向我道歉——

「那個真是不好意思，好像又撞見了不應該看的……哈哈……」

「真不愧是極惡變態鬼畜蘿莉控淫棍魔王，竟然對學姐也下手。」

可是現在不是澄清的時候，現在要先把自己和官冰蕙的捆綁之中解救出來才是正理！

「不是你們想的那樣——不要關門……快來救我！」

但回應卻是——

一號男同學像是對我勸解般道：「慢慢來，又不急的。」

二號女同學似乎沒有走遠怒道：「盛遠，你真是渣男的代表！」

三號女同學充滿學術氣息的問：「這次研究生物學嗎？」

……你們誤會了。

這一句我沒有說出口，現在的情況就像那天一樣……

不，比起那一天更糟。

「唔……」

我就那麼成了渣男……

第一次可以澄清，可是第二次又應該怎麼說？巧合嗎？

「嗚……」我整個人無力地枕在豆腐上，流下了不甘的淚水。我這輩子都會被傳成是極惡變態鬼畜蘿莉控淫棍魔王吧？

我明明什麼都沒有做，只是中了陷阱！這該死的張玲！

良久，傳來了官冰蕙的聲音：「你怎、怎麼了？」

「不要管我，讓我哭吧……嗚……」

我開始不顧一切地大哭了起來。

「明明都已經立志在高中要交上很多的朋友，明明什麼都準備好，明明一開始的時候認識到一個互相有好感的女生，明明已經有三個新朋友，不再是自己孤單一個人。可是……可是……就因為這點誤會，我就——」

「喂！」

我抬起頭，看著臉有點紅的官冰蕙，問道：「嗚……嗯……？」

「別哭了，你這個懦夫！」

「妳不明白的……我已經準備了很久，想要在高中交上女朋友……不想要一輩子跟動畫和模型過……我很想要可以正常交流的朋友……不是什麼女裝弟弟，也不是什麼只會玩電玩的白痴媽媽……」

「別裝可憐了，給我快點解開繩子！」官冰蕙變得冷靜起來，無視了我的抱怨。

我抽著鼻子，把帶著紅色血絲的鼻水吸回鼻腔，委屈地說道：「是……」

接著，冷靜下來官冰蕙還有已經心灰意冷的我，用不到三分鐘，就三下五除二把百葉窗的繩子解開。

官冰蕙整理好有點凌亂以及血跡的衣服。感覺她有點不太對勁，因為她沒有對我進行任何怒罵，就那樣安靜地離開。

在走之前，她就只對我說了一句：「我回家去了。」

◆◎◆※◆※◆◎◆

心灰意冷的我很想回家看武士王以填補心靈內的缺失，可是我還不能就這麼跑掉，因為要把這裡回復原狀。花了大概十多分鐘，我把百葉窗簾重新安好。

當然，還有一件事要解決，我絕對沒有忘記到底是誰設下這個陷阱！

「大——帥！」我用盡了全力把實驗室的門推開。

一切都是張玲在搞鬼，所以我要跟她討一個說法！

很巧合地，實驗室中就只有張玲一個人在。

今天她將不長的及肩髮型紮成馬尾，看起來有點小清新，還戴上了一副知性的眼鏡，要是我不知道她的可惡之處，還會以為她是個開朗又善良的女高中生。

「妳早就知道那個班的教室裡有女生在換衣服！」我開門見山向她質問道：「不可能那麼巧合！在那個時間點安排我在宮冰蕙的班裡放傳單！一定就是妳在搞鬼！」

張玲一臉人畜無害似的樣子，歪了歪頭，應了一聲：「哦？」

「不要給我一副嬉皮笑臉的樣子！」

「不是啦……」她擺了擺手，嘴裡說不，可是仍是那副欠抽的樣子。

我握緊拳頭。要不是她是女生，我一定會打飛她！

「我的高中生活全完了啊！就因為這一個誤會！昨天妳答應過我什麼的？妳這個大騙子！」說著這話的同時，我擦了一下不自覺流出來的淚水，「我很想在高中的時候認識到可以正常交流的朋友！不要再被人說是中二病、不想被人孤立、不想……可是已經完了！就是因為妳的戰爭本部！妳的惡作劇！妳要怎麼賠我已經掉到谷底的名節！」

張玲輕輕搖了搖頭。

「妳搖什麼頭——」

「可是盛遠……」她豎起了一根手指，阻止我說下去，「現在說這些都太遲，你和你的名節已經回不去了。」

「給我閉嘴！」我歇斯底里地叫道：「第一次還可以澄清，可是第二次要叫巧合嗎？那妳設計的第三次、第四次呢？我……就連我自己都不相信，更有可能是我明天又會換一個外號了……」

想到傷心處，我頹然地坐到地上，抱著雙膝大哭了起來。

「妳很開心對吧？惡整別人很爽吧……可是我呢？有想過被惡整的傢伙嗎？妳就是信長，常常嘲笑光秀的光頭……可是妳沒有想到這是多麼慘，沒有頭髮是他想要的嗎？現在我沒頭髮了，嗚……我都不知道自己在說什麼了……」

大概幾分鐘之後，我停止哭泣。

「完了嗎？」

「……完了，全完了。」

雖然我沒有抬起頭，可是我感覺到應該是張玲的手輕輕按在我的肩膀上。

「完了的話，就跟著我做一件大事吧！」

「妳不要再跟我說話，妳這壞人……」聽到她的話，我不自覺地再次哭了起來。

「沒錯，我是壞人。」張玲嘿嘿地笑著。

我從來沒有見過這麼無恥的人，竟然在別人傷心的時候還在大笑……

「有什麼好笑的嗎？」我抬起頭瞪著她。

「英雄是不需要朋友的，最強者是不需要朋友，革命者是不需要朋友——」

「什麼？」

「他們只需要戰友！」張玲放開了壓在我肩上的手，臉上帶著魔鬼的微笑，「你想要作為英雄，成為我們的戰友嗎？」

「妳——」

「你現在已經回不了頭，破釜沉舟，現在你唯一的選擇就是——」

這個瞬間，雖然我理智上明白她是在迷惑我，可我就像是想要抓緊最後一根稻草的賭徒，著魔似的呆呆地向她問道：「是什麼？」

接下來，張玲就說出了一句，把我的高中生活、價值觀完全改變的話——

「就算用盡生命的力量也無法成為最好，那麼……就墮落成為極壞吧！」

「極壞？」

張玲直視著我，像是要看穿我內心的疑惑一樣，「用極壞的姿態和學校抗爭！在成功之後，好壞都會反轉：最好變成最差，極壞就是極善——成王敗寇！」

「成王敗寇……」我默唸著，一個有點瘋狂的想法在我的腦袋不斷迴響著，就像是魔音一樣，誘惑著我。

就在我內心掙扎的同時，她突然把我的那張投名狀拿了出來，指著它，「你希望成為極惡變態鬼畜蘿莉控淫棍魔王，還是讓盛遠這個名字在每人聽完之後都心有餘悸？」

「心……有餘悸？」

「成為我們真正的一分子吧！」張玲在我的面前把投名狀撕了，喝道：「讓極惡變態鬼畜蘿莉控淫棍成為過去，讓所有人都只知道你是最可怕的魔王！」

我看著張玲那張認真的臉。

可能是氣氛的驅使，又或許我真的在這個時候著了魔也說不定……

「好！」我重重地點頭答應，答應了張玲那惡魔般的邀請。

她伸出手，把我拉起來。

「這才是真正的『戰爭本部·零七小隊』，歡迎你加入！」

在這個時候，我才有點明白，為什麼張玲是張玲……

「是！」

——因為她是天生的領袖。

◆◎◆※◆※◆◎◆

然後呢，第二天上學時，我的稱號裡就多了一個捆綁 play。

是的，現在不是極惡變態鬼畜蘿莉控淫棍魔王，而是極惡變態鬼畜捆綁 play 蘿莉控淫棍魔王……

真是一群沒有創意的傢伙。

放學後，我再次來到實驗室。

「……那個、午安。」我向官冰蕙打了一聲招呼。

官冰蕙仍是最早出現在這裡的人，只是今天的她似乎有點不同。那些口罩、手套、大衣之類的東西都不見了，變回很正常的模樣，這樣看起來真的十分漂亮。

「午安。」

「喂！」

為了不被她執行絞殺的刑罰，我沒敢多看一眼，把椅子由圓桌旁的位置搬到窗邊去。

不是吧？這樣做也生氣了？難道要我搬到實驗室外去？

我戰戰兢兢地回過頭，望著她弱弱地問道：「什、什麼事？」

「放回來。」

……不會是我聽錯吧？

「把椅子放回來！」

我歪頭應道：「嗯？」

「你是傻還是白痴，這麼簡單的命令都聽不明白嗎？」官冰蕙說著，一下子背過臉去，和白色外套形成鮮明對比的黑髮也搖晃起來。

「不、不是！」我其實一點也不想要知道窗邊有多少螞蟻經過……

「不要太近，就這邊！」

雖然好像還有點不太自然和尷尬，不過似乎昨天那件事的結果沒有我想像中那麼糟糕。

我調整了一下椅子的位置，誒嘿嘿地笑著坐到了我的位置——就在官冰蕙的旁邊。

「那個、歡迎加入。」她一樣沒有把臉轉過來，就那麼說著。

「請多多指教。」

沒錯——官冰蕙是我的戰友，而我接下來的日子要成為魔王，不是淫棍！

▼ Chapter.4 ▼

二回目？
似乎忽略了不少人物哦！

「盛、盛遠……」

在李靜家門外，正要轉身離開的我，被李靜抓住了背包的肩帶。

我回過頭問道：「怎麼了？」

沒錯，李靜跟我住在同一個公寓社區，雖然平常不是一起回家，不過今天因為戰爭本部會議到了六點多才散會，所以張玲命令我要護送李靜回家。

當然，這是常有的事，所以戰爭本部的成員裡，李靜跟我算是比較熟稔。

「姐姐好像忘了帶家門鑰匙的說。」她有點彆扭。

「欸？」我有種不好的預感。

「姐姐忘了叔叔到外地出差的說！」她輕輕拍了一下自己的頭，雙馬尾一擺一擺，誒嘿嘿地傻笑著。

雖然李靜這個樣子有點可愛，但我絕對不會因此忘記她是空手道、柔道的黑帶，單手握力在男生中也屬於前列的六十五公斤的極度暴力女生……

我已有多次因為她不自覺地敲打而「被重傷」的經驗，比如：「Give me Five」時被一把推到水溝、拳頭相擊時右手骨裂、經常被拍至快要內出血的狀態等等。

「那怎麼辦？」

「如果可以有地方借宿一天就好了……」李靜嘟著嘴，拿出了手機，似乎是想要找張玲她們。

「哦，那要不要到我家裡先待著，再慢慢找看看親戚之類的？」雖然李靜是人形巨獸，正常人是絕不可能邀請這頭猛獸回家作客。不過因為有男女之防存在，所以她應該會拒絕，因此我出於禮貌向她問道，反正她一定不會答應。

「太好了！」她重重地拍了我的肩膀一下，對我做出勝利手勢。

先不提我的肩膀是不是要碎了，在剛剛那一瞬間我看到她手機的電話簿是空的！

「哈……哈……」我揉著肩問道：「妳手機裡的電話簿為什麼是空的？」

「沒有，聯絡電話那些都寫在家裡的電話簿裡的說。」李靜不負責任地聳肩。

「等等！」我指著李靜的家，驚惶中帶著恐懼，恐懼中帶點不安地向她確認道：「妳的意思是，記錄了聯絡方法的電話簿也放在自己的家嗎？」

「是的說！」李靜擺了擺手，一點也不在意說道。

我嘆了口氣，這傢伙不只是怪力女，更是上個世紀八〇年代的人吧？但是作為武士王正義夥伴的我，一言既出，駟馬難追，只好帶著李靜往下走三層，朝我家所在的位置前進。

至於為什麼今天戰爭本部會議要那麼久才散會？

時間要回到放學之後開始說起……

「下個月就是聖誕節了！」

戰爭本部的所有隊員在實驗室裡，而我看了一眼正在講話而且有點興奮又手舞足蹈像個傻瓜一樣的張玲。

因為實驗室並沒有配上暖氣，所以現在大家身上都包著厚厚的外套和衣服，我們所有人的模樣嚴格來說都像是端午節常吃的粽子。

漸漸地，實驗室裡蔓延著懶洋洋不想動的氣氛。

「對的說……」

「點頭，是呢……」

「嗯——嗯……」

「嗯。」

除了注意力集中在筆記型電腦上的官冰蕙之外，眾人都有點有氣無力地回應著。

「喂喂！」張玲用力敲了一下圓桌，隨著喀喀兩聲之後，她不滿地對我們訓斥道：「給我打起精神來！」

雖然張玲的這句話應該是對所有人說的，但她的視線只集中在我身上，彷彿就只有我一個人是害群之馬一般。

嘖嘖……

這裡最懶洋洋的就要算張玲了，明明昨天還是整個人躺在椅子上，一邊吃著仙貝，一邊看著漫畫，然後什麼事都沒有做。不過我屈服在她的視線之下，把小說收回背包中，端正坐姿，虛心問道：「是的，這聖誕節要做些什麼呢？」

「疑惑，要做什麼？」

「……我們收到的委託都不太正常的說。」

這一瞬間，張玲閉上了嘴別過頭，吹起口哨，「嗶嗶嗶」的響著，就像是事不在她般，但蜘蛛和官冰蕙沒有放過她——

「點頭，這個學年已經開始了三個月，我們連一個正常的委託也沒有完成過。」蜘蛛直視著張玲。

「是有人辦事不力……噓……」一直沒發言的官冰蕙冷笑了一聲，把視線從筆記型電腦轉到張玲的身上。

「也不可以這樣說張玲，我們都有責任，雖然比起張玲只有大概十分之一那麼多，可是也算得上是有的說。」

李靜弱弱地為張玲解釋，不過我感覺這是天然呆給予的最後一擊。

然而，作為新成員的我其實想說：都是因為妳們不斷地搗蛋、搞亂，宣傳的行動才會一直受挫！

在別人的海報上貼傳單、在比賽時衝入球場叫囂、惡搞老師的教科書等等的惡行……因此，對於她們的行為，我已經無力吐槽。只是「宣傳行動」就已經讓我深感這團隊的可怕。單單三個月時間，我已經拿到十二次警告，這種無法想像的可怕戰績！

值得一提，我現在在班裡的外號不是極惡變態鬼畜捆綁蘿莉控淫棍魔王，而是——極惡變態鬼畜捆綁 play 蘿莉控淫棍破壞魔王！

和三個月前沒有太大變化，但多了一個「破壞」名頭。

只是世界上沒有最可怕，只有更可怕——

「江同學來了，快逃！不對，女生靠過來，老師保護妳們。」

「江同學你不用過來，我把作業本子拋給你。」

「這個距離就好了，不要再靠近……那邊的女同學過來，太靠近江同學會懷孕的！」

現在女班導不再是暗地裡躲開我，而是明著躲開我，還在言語上把我隔離，彷彿我身上有病毒；還有什麼會懷孕之類，女班導師的常識都留給了小學嗎？

真的太差勁了！

到底要到什麼時候我才可以像張玲說的那樣，成為一個極惡的魔王呢？

「先不說那些了！」為了糊弄過去，張玲強行扭轉話題：「我們要不要開本部的聖誕特別活動派對？」

「哦……」我嘆了口氣，沒精打采地回應道，把收起來的小說本又抽了出來，感覺她今天在廢話完畢之後，就會放我們回家。

「好、好的說！」

「點頭，固所願也，不敢請耳。」

不只是我一個，連李靜和蜘蛛二人也順著張玲的話來。總而言之，我們再次回復到那種奇怪又懶洋洋的氣氛裡。

張玲用力地拍了一下圓桌，揚聲道：「不可以這麼頹廢，我們展開『讓別人來點正常委託大作戰』吧！」

正當她想用言語來鞭策我們時——

「有個正常點的委託了。」

不得不提，作為本部稱職的軍師官冰蕙，只要有活動時，都會守在筆記型電腦前。正確來說，她是個比較少惹禍的人物，也是團隊中最冷靜的傢伙。沒錯，絕對比張玲這個大帥還要稱職……

嗯，我絕對沒有因為發生「豆腐觸感」和這樣那樣的事才如此替她說好話，完全是觀察所得的結果。

「看看——」

我們幾人像想要搶食物的雛鳥般，把頭擠到一起，一同看向那個小得可憐的螢幕。

「這個。」在眾多垃圾郵件之中，官冰蕙指出了一封標題寫著「求助！請問可以幫我們嗎？」的郵件。

這種標題的郵件十分多，收到傳單的學生常常惡作劇，所以什麼內容都有，而且大多猥瑣又不健全……

「哦！」張玲用力地拍了一下我的肩膀，在我旁邊像傻瓜一樣叫著：「久違了的理由，要大幹一場啊！」

那是還沒有看到內容就已經雄心壯志的張玲一點也不負責任的發言。

差不多每次都是這樣的反應開始——只是我覺得這次仍會與平常一樣，瞬間否決了這件委託。

只要有行動就會元氣十足的李靜握拳道：「好的說！」

「我點開了哦～」

這時官冰蕙的語氣也難得地有點調皮，感覺與平常那個冷冰冰的她對比，有點可愛的反差萌……

「盯著我看幹嘛！」官冰蕙突然皺眉瞪著我。

「沒有。」我搖了搖頭，瞬間把專注力由官冰蕙放回到電腦的螢光幕上。

「真是的……」

在我移開視線看向螢光幕的時候，聽到了官冰蕙輕聲的自言自語。感覺她仍是十分討厭我一樣。

唔，好受傷……

但我還是把注意力轉到了那信件上。

【我想要讓學校的考試都失去作用，解放所有被困在這個無聊學習循環中的我們，不用再被書本和教師們洗腦！】

……真有張玲風格的說話方式。

「沒錯！就是這個！」張玲再次用力拍著圓桌，「我們的聖誕特別活動就是這個了！」

這個委託聽起來有點不太正常，怎麼看都不像是平常那些什麼幫我找個女朋友、我想要男朋友、請把XX老師殺了、把學校炸了……等等，完全是發洩的委託。

「太好了，終於有任務的說！」

眾人的反應竟然十分雀躍。

怎麼說呢……畢竟有事做比起沒事做要好得多！

其實我曾經問過張玲，為什麼我們不主動把學校的制度破壞，而是要等別人來委託？

「我們如果只以自己的意志來主導任務，很快就會出現偏差！」張玲認真地對我解釋。

「偏差？」

「不聽取民意的義軍，最後只會成為一支暴軍。陳勝、吳廣、黃巾、方臘……」張玲把一大堆例子說了出來，對著混雜著疑問視線的我說：「如果我們一直自以為是的認為是『為他們而做』、『為他們而發聲』，那我們和專制的學校到底有什麼分別？」

「……不知道。」

「沒有分別，那最後就算是革命成功，也只是換上另一個專制者。只要我們離開這個地方，或是作為大帥的人變成獨裁者，就會再次重複發生同樣的事，革命永無止境。」

「是、是嗎？」

「因此我們不是取而代之，而是進行變革！我們不是取代者『Substituent』，而是變革者『Innovator』！」

她高意識系的回答，讓我明白到這不是一個鬧著玩的團體『Team』，而是個十分認真、本著讓學校『School』解放學生的想像力為目標努力的幾人……

正因為被這種想法束縛和沒有任何可行的委託，我們有著差不多三個月左右的平淡時光……但現在似乎不是思考這種事的好時間，因為目前要思考的是，到底要怎麼讓考試變得沒有作用才對！

「要怎麼做？」我望了一眼張玲她們。

「不難。」

張玲走到幾乎完全沒有用過的白板旁，帥氣地寫上了「讓考試無效化」六個大字，再圈起來，叫囂道：「來，我們來一次頭腦風暴吧！」

「哦哦——」因為太帥氣，所以我不自覺地發出了歡呼。

李靜馬上舉手道：「讓那一天出事故的說！」

「又是這種暴力方法……」

經過三個月的了解，我終於明白這個嬌滴滴的長短雙馬尾學姐，為什麼會有比其他人更可怕的「戰績」。

因為她擁有神奇的惹禍體質，加上特別暴力的思考方式，任務只會暴力通關，以力證道，就像第一次見到她那樣，所以失敗是常有的事。

順便一提，我那十二個警告之中，有十個是因為有她的參與才得到。

張玲沒有否決，如常地寫了在白板上。

「等等！」我大聲抗議道：「這個提議很奇怪吧？」

只是張玲和其他幾人都無視了我，一個接一個的提議——

「提議，在前一天把試卷偷走。」

「直接把學校燒了的說！」

「提議，在福利社下毒。」

「把所有考場的桌椅都破壞的說！」

「提議……」

越聽就越覺得可怕，要是真的做出她們自己提議的事，我猜不用記大過，直接就是退學處分。嚴重一點，更有可能被抓到少年拘留所……

大概過了十分鐘之後，白板上就寫滿了一大堆在我看來完全是「恐怖襲擊的方法」，而不是「讓考試無效化的方法」。

「滿足，大概就是這樣了。」蜘蛛點了點頭，彷彿對自己的提議十分滿意一樣。

李靜贊同道：「就從這裡選一個的說！」

若真的是從這裡面選一個，大概我們都得提早找另一間高中……不知道會不會有其他高中收留呢？

張玲嘿嘿笑了幾聲，雙手抱在胸前，點頭滿意地說道：「很好，那就開始——」

「妳們是白痴嗎！」官冰蕙用冷冰冰的聲音訓斥她們。

雖然有一個正常人是很高興，但是她為什麼直瞪著我說？彷彿就是在罵我這一點，讓我很受傷……

我明明什麼都沒有說！

「冰、冰蕙？」張玲愣了一下，結結巴巴地問道。

官冰蕙單手托著臉，向驚慌失措似的張玲質問道：「你們是在討論『讓考試無效化』，還是『讓考試終止』？」

「這、這……有分別嗎？」李靜歪頭問道。

這個同樣是我和其他幾人想要問的問題。

「當然！不過笨蛋是絕對想不出分別在哪。」官冰蕙像平常一樣開啟了群體嘲諷技能。

「什、什麼意思的說！」李靜不滿地鼓起了臉，「姆」的一聲，那圓臉加上標誌性的雙馬尾，雖然很像小女孩，可是她的行動卻完全不像小女孩，她這時已經抽起了襯衫的衣袖，一副想要打架的樣子。

「點頭，我不認為官冰蕙比我們聰明很多。」蜘蛛馬上對李靜做出聲援。

戰爭本部的內鬨一觸即發——

「少安勿躁，我們等等再揍這個目中無人的巨乳女！」張玲攔在三人的中間，在官冰蕙想要再次群嘲前，用掩蓋所有人的聲量叫道：「現在先讓冰蕙解釋吧！」

「哎……」李靜重新放下衣袖，嘟著小嘴道：「好的說。」

官冰蕙冷笑了一聲，內容是向她們幾人反問：「如果像妳們說的那樣，把學校破壞後，是不是就沒有考試？」

等等——為什麼又瞪著我？我明明連半點反應也沒有做過！

「這次考試就會停了的說！」

「贊同，一定可以把這次考試停下來！」

「呵呵……傻瓜就是傻瓜。」官冰蕙又一聲不太友善的笑聲，那情況如果是在ＲＰＧ遊戲裡的話，她絕對是把嘲諷技能點滿了的戰士。

「什麼的說！」

「盛怒，不是盛遠，叔可忍嬸不可忍！」

這笑話很冷……

而且為什麼官冰蕙總是在瞪著我？

「冷靜一點。」張玲再次攔下那兩個躁動起來的成員，轉頭對官冰蕙說道：「麻煩直接講主題。」

官冰蕙嘜起了小嘴，「只是一次的暫停或延遲，你們就滿足嗎？」

嗯？

在官冰蕙這一句話之後，我馬上就了解她想要表達的意思。不愧是軍師，腦袋比我們好很多。

「是……是的說！」李靜逞強地說道，看來她自己也明白了這一點。

「所以錯了。」官冰蕙擺了擺手，「我們的目標是要讓『考試無效化』，因此只是一次延遲並沒能達到目的！」

「提問，那應該如何做？」蜘蛛平息了怒氣，冷靜問道。

現在就只剩下李靜還是一副在生悶氣的樣子……

「很簡單！」官冰蕙走到白板前，很不客氣地把白板上的字都擦掉，接著轉頭、一臉認真地問道：「考試的目的是為了什麼？」

「折磨學生的說！」

一聽就知道李靜是個功課很差的人。

「同意，折磨學生。」

「折磨學生第三次，成交！」張玲湊起熱鬧。

原來這三人都是讀書成績很差的傢伙……

在官冰蕙不自覺地嘆氣時，我試著問道：「測試我們對課本知識的理解？」

官冰蕙愣了一下，才哈哈笑了兩聲，一臉不屑地說道：「雖然我很不想稱讚你，可是你說得沒錯……」

切——我也沒想要讓妳稱讚哦！

當然，我沒有把這一句話說出口，又不是想找抽，這話還是不說比較好。

「盛遠好厲害的說！」李靜拍手稱讚道。

蜘蛛向我豎起了姆指，「佩服，真厲害！」

這兩人彷彿是在跟官冰蕙作對一樣，開始用盡全力稱讚我。

「咳咳！」官冰蕙輕咳了一聲，「知道考試本來的目的後，那大家來解釋一下為什麼會討厭考試吧！」

「沒有用的說。」

「點頭，知識並不是由書本上學的。」

「其實我沒有很討厭……」不過我在說完這一句之後，馬上就受到之前說話的兩人怒目而視，甚至連官冰蕙也站到她們身邊，成為那兩人的一分子。

為了擺脫這樣的情況，我本著「這一分鐘的我打倒上一分鐘的我」精神，掩埋良心地說著違心話：「不，我覺得考試真是沒用到極點，完完全全沒有一點用處，要問為什麼，因為實在是太過太過……沒有用了！」

「就是沒用處嘛！」張玲再次跟著起鬨道。

「沒錯，因為現在的考試制度已經沒有用了。」官冰蕙用白板筆輕敲著白板，「一紙一筆、一條題目一個答案的考試模式，已經不再適合現在這個講求自主學習的世代！」

「握拳，不能贊同再多，現在是新世代！」蜘蛛已經由官冰蕙的反對者，變成了她的支持者。

「我們現在應該是從實踐中學習，從學習中應用，從應用中實踐……死板、過時的考核方式不再適合我們，所以我們才要顛覆它！」官冰蕙用力地一掌拍在白板上，用張玲平常的語氣說道。

可惜，只點滿嘲諷的官冰蕙，鼓動別人的能力基本是零。

她在這方面明顯連及格線都還沒到達，我的血連一丁點都沒有熱起來的感覺。

良久之後——

「那、然後……」李靜似是從頭到結論都沒有聽明白的樣子，歪著頭問道：「要怎麼行動的說？」

「可惡……」官冰蕙惱羞成怒，「所以說笨蛋最麻煩了！」

李靜不滿地嘟起了嘴，「到這裡還是沒有說、說方法的說！」

「重點、重點……」張玲提醒道。

「切——」官冰蕙撇了撇嘴，「讓全部學生得零分或是滿分就可以了。」

「嗯？」

「所有人都不懂，或是所有人都全懂的情況下，這種舊式的考試就沒有存在的必要。不過，摧毀一個制度，有一種最基本的方法：讓目標不能達成。讓考試完全不能成為測試我們對課本知識理解的制度。」

語畢，官冰蕙在白板上寫上了「零分或滿分」這五個字。

雖然覺得有點不太對勁，可是我又說不出到底哪個地方不對勁……

「你們這些笨蛋一定在想，要怎麼讓所有人零分這種事情發生吧？是要偷改試卷之類的想法？」

沒錯……

不過，因為官冰蕙那張得意忘形的臉，讓我一點也不想回應她。理所當然，有這種情緒的人不只我一個，就連張玲和李靜她們都一樣。

「你們這群白痴，一定是這樣想的吧！」

啊呀——我快忍不住想要揍她了，同一個意思的話有必要用另一種方式再說一次嗎？

「好啦好啦，快說重點吧！」張玲再次擺手叫道。

官冰蕙一臉不屑地說道：「要所有人一起零分不是不可能，但是我們現在不具備這樣的條件。」

我跟著官冰蕙的思考方式推出初步的結論，就是所有人一起交白卷，又或者是把所有人的試卷換了……

交白卷，我們沒有那種影響力；另一種則是讓學生會行動、查出誰是凶手而已，並不可能執行。

官冰蕙用手指輕輕指著自己的腦袋，「如果像我這種聰明人，就會捨難取易——讓大家都拿到一百分或高分數不就行了嗎？」

「皺眉，一樣不可能。」

「什麼啊，這不是更不可能嗎？」

「不可能的說！」

「不，這是有可能的，而且是極大的可能。」官冰蕙似是成竹在胸一樣，拍了一下她那豐滿的胸脯，又豎起了一根手指，「只要我們把所有答案拿到手中，再加上我的操作，就有九成以上的可能！」

「為什麼？」已經想明白利害關係的我馬上反問道：「就算所有答案都到手，那也不代表大家就會滿分吧？」

「不一定是滿分，只要所有人的分數到達一個不正常的高位就可以了。」官冰蕙自信的笑了笑，「而且，我的重點是要讓每一科都是！」

也就是說……

一間正常的學校，不可能每一班都及格，就算全體及格也總有誰因為失手而得分不高。如果真是全校的學生都分數很高……

怎麼看都奇怪，很容易會讓人生出這會不會是有問題的感覺。接下來，校方就可能會想：是不是試卷太過簡單，又或者是試卷的內容外洩之類。

「我有點明白了。」我點了點頭，想明白了官冰蕙的意思，「如果……如果真的可以做到，那還有機會讓學校懷疑答案洩露，還沒完全做到讓考試無效化這個目的。」

「沒錯……但凡事都不是一步到位——」刷存在感的張玲，代替官冰蕙回答道：「這是長期戰爭！」

「喔喔——」

「是的說！」

「握拳，沒錯！」

果然還是大帥張玲用這種語氣說話最為激動人心，我的血馬上就燃了起來！

「接下來的任務就是把答案拿到手？」張玲向官冰蕙確認道。

「沒錯。」

有了目標，接下來就是定下計畫，不過……

「都是由我出動吧？」

原因十分簡單，本來負責這種「戰鬥」型任務的李靜，身上的大過快要爆滿，為了不讓她學年還未完成一半就「榮休」，我才被這個戰爭本部所需要。

「沒錯，這次是盛遠開展作戰計畫！」張玲指著我，鬥志激昂地說道。

我深吸了一口氣，神色凝重地點頭說道：「明白了。」

為了成為魔王而不是淫棍，我決定繼續下去！

「──因為時間的關係，作戰計畫星期一回來再討論，請大家準備好方案哦！」

張玲這句話應該只是針對官冰蕙。

我們的提議？感覺都會被官冰蕙找出很多奇奇怪怪的漏洞反駁……

◆◎◆※◆※◆◎◆

我把迷路小狗李靜帶回家時才發現──

「其實不用找什麼親戚！我們直接去找鎖匠不就好了嗎？」

李靜像找到久違的玩具，跳到我家的沙發上，「這時間應該關門了的說！」

「妳怎麼知道？」

她看似自豪地叫道：「因為前天也去過一次，知道關門的時間！」

這事有值得自豪的地方嗎？

「打電話給張玲她們吧！」我坐到她對面的椅子上，目光避開她不小心走光的大腿和小褲褲。

「哦哦——」

說著這話的時候，李靜像在我家進行大冒險。如果有效果音的話，應該就會出現「登登」，因為她在沙發旁邊的櫃子發現了一包還沒打開的洋芋片。

她看了我一眼，正當我以為她要拆開包裝時——

「糟糕！」

李靜突然頓了一下，轉頭向我問道：「那個……伯、伯母不在家嗎？」

「都已經開始搗蛋才問這問題，果然是笨蛋沒錯。」我吐槽道。

李靜嘟著小嘴，端正坐姿，委屈道：「什麼嘛……人家是第一次來盛遠家，有點高興的說……」

「……是喔……我的家人去旅行了。」因為我覺得尷尬到了極點，決定先離開一會，「要喝點什麼？」

「那……果汁的說！」

在廚房的時候，我像是聽到了她的自言自語，意思似乎是「這第一印象可不能太差的說」之類的話。

這傢伙給我的印象其實就是：暴力、怪力、大力。都跟戰鬥方面有關，感覺她有可能是海克力斯轉生也說不定，已經沒有什麼好印象了。

我從廚房出來之後，就見李靜正努力地撥著電話。她打給張玲和蜘蛛，很遺憾都沒有人接聽；至於官冰蕙，因為她住的地方很遠，所以李靜不打算找她。

「妳找到那些親戚又或者朋友的電話了嗎？」

「沒的說……」李靜翻著手機內的來電記錄，一臉認真的樣子。

我看了一眼掛在牆上的時鐘，不知不覺已經八點多，沒時間再給李靜蘑菇了，「隨便撥一個吧！」

「那就撥這個吧！」李靜隨意在來電名單中抽了一組號碼。

「你好，歡迎致電銀行……」這是貸款電話。

「我的車？在伯伯狗泣找到的！」這絕對是廣告錄音。

「您所撥打的號碼是空號……」這位仁兄取消了手機號碼。

「小靜，叔叔在工作中，妳晚點再撥過來。」這個是李靜去外地出差的叔叔。

「鈴鈴——」我口袋中的手機突然響起……

大概嘗試了二十分鐘之後，我不得不佩服李靜她的手機到底是用來做什麼的！

「現在怎麼辦的說……」李靜盯著那包沒有拆開包裝的洋芋片，吞了一下口水。

感覺她是餓了……

「撥這個電話吧！」

「嗯？盛遠找到了的說？」

我搖了搖頭。

「啊？那、這個是什麼的說？」

「外賣電話。」

「哦哦喔——！」李靜聽到外賣兩個字時，突然變得精神百倍。

吃過外賣後，除了飽了一點之外，事情完全沒有進展，轉眼已經來到十點多。

現在把李靜趕走是不可能的事，而且作為武士王的正義夥伴，我也不會做出如此殘忍的事情。

「今天住我家吧，明天一早再打算，真的不行就找鎖匠好了。」我提議道。

「嗯！」李靜重重地點頭。

「需要幫妳到便利店買些日用品嗎？」

「姐姐沒關係的說。」

我一邊收拾餐桌，一邊點頭道：「那妳先看一下電視，我去找找看給妳替換的衣服，等我一會。」

「知道的說！」

雖然很討厭弟弟的女裝打扮，不過這時候他那些女性衣服卻神奇的有了用武之地。

……試試看？

突然之間，我有一股想要穿上女裝的衝動想法。

於是我把房間門關上，拿起弟弟的其中一頂假髮套到頭上，再穿一件女裝外套，在鏡子前一照。

「這這、這是我？」

差點連我都認不出來女裝打扮的自己，難怪弟弟裝扮之後那麼神似女生，看來是因為我們體內的秀氣基因在作祟……

「不對，怎麼可以這樣！」我二話不說把外套和假髮脫下。

我可是雄糾糾又正直的男高中生！

我把衣服放到沙發上，「衣服我放這邊，是我弟……妹妹的，妳一會再試試合不合身。」

「哇哈哈——你看看你——唔哈哈——」只不過李靜似乎沒有發現我，一邊看著深夜綜藝節目，一邊大笑。

這情況在我家很少發生，因為全家都是動畫宅，所以客廳用來播動畫是常規，而播一般綜藝節目的時間，只有新年有客人來的時候才會發生。

被無視讓我有點憤怒，不過出於禮貌，我仍是向她問道：「妳要先洗澡嗎？」

李靜擺了擺手，不過情況就像是沒有聽到我說話一樣，隨便應了幾聲「嗯嗯」就沒有理會我。

看她入迷的樣子，我嘆了口氣，淡淡地說道：「那我先洗好了……」

進入更衣室，先把衣服放到一旁，我一邊思考著如果媽媽知道我把女生帶回家的反應，一邊走進浴室，開始刷刷洗洗，然後泡到浴缸裡。

滿是霧氣的浴室，的確是個放鬆的好地方，雖然本人應該沒什麼壓力，可是對著那群戰爭本部的傢伙，怎麼說也很累。

突然間，一陣卡喀卡喀的開門聲傳進了我的耳朵。

這——是？

接下來，更是幾聲嗦嗦的脫衣服聲音。

「喂……」

等等！

不會是李靜那傢伙吧？

「我在裡面——！」我二話不說馬上從浴缸中爬起來，衝向最後的門，就像三百壯士要緊守那最後的溫泉關一樣，在李靜迷糊闖進來之前，我要誓死守護這個最後的淨土，讓希臘不被波斯人占領！

在外面的李靜，說著意義不明的話：「我知道你在外面啦，進來就把你打暈的說！」

這難道就是所謂的「殺必死」嗎？

不，我是個思想健全又正直的男高中生，看動畫只看熱血、運動系，絕對抵制殺必死！

在我想要說第二句話的時候——

「噗——！」第一次的衝擊傳來，大概跟《神奇寶貝》裡快龍的破壞死光，還有肯泰羅的橫衝直撞差不多。

「我……在……裡面！」

「盛遠，這門壞了……推不開的說。」

隔著最後一道門的我用盡了全力頂住，大叫道：「喂——我是說——我、在、裡、面、呀——！」

「你說要用力點的說？」

「不是——啊——」

一陣寒惡，以及十分不祥的預感……

「喝——！」

我最後的一個發音，由吼叫變成了慘叫：「啊——哇！」

猛獸一樣、極度暴力的她，把門和門後的我一起撞飛，沒有穿衣服、赤裸裸的我像炮彈一樣，直撞到浴缸上。

「唔——」

在昏倒之前看到的最後畫面，就是由霧氣君很健全地掩著重要部位的裸體……真是太差勁了，至少要讓我看到不錯的東西啊……

如果我是動漫主角，大概是最糟糕的一個，因為我現在是全身赤條條，而且在什麼都沒有看到的情況下昏倒了。

「嗯？」

想要抬起手，不過身體有點沉重，彷彿被什麼東西壓著。頭仍是十分痛……難道我到了天國嗎？

「唔——」

在聽到這一個音節的瞬間，我回想起在浴室時十分不健全的那一幕，手臂應該沒有骨折，但……為什麼動不了？

「……噫？」

我睜開眼睛，眼前是一張圓臉加上一長一短不規則的雙馬尾。

「早、安的說。」李靜擦了擦眼睛，正趴在我的身上，像是一整夜都在照顧我那般。

我一邊揉著劇痛的頭，一邊向她問道：「我怎麼了？」

「沒有事的說！」李靜猛搖頭，但只是一會，她就嘟著嘴，眼眶中的淚水在打轉，再次趴到我身上道：「對、對不起——嗚——」

她在哭喪嗎？其他看到的人應該會以為我是事故死亡吧！而在這段短短的時間裡，我可以感覺到自己好像還是——

「那個、妳可以先出去一下嗎？」

——連一件內衣都沒有穿上，全身赤裸裸的。

「是……是、是的說。」李靜像是想起了這一點，抬起紅得像蘋果的臉，馬上就往門外走去。

而正當我想從被子裡出來時，她卻轉過頭向我吩咐道：「不、不要把頭上的繃帶拆下來的說。」

「知道了，快出去！」

她「嚶」的一聲，快步跑出了我的房間。

門被關上之後，我檢查了一下自己被包著的頭，似乎是出了一點血，不過感覺應該沒有太大問題，而且李靜的急救技巧不錯，就只是沒幫我穿衣服這點很怪……

「是、是不是很痛的說？」

「沒有啦……」不過在心裡補充一句：因為我已經習慣了。

「對、對不起。」

「也沒什麼大礙啦。」我拉開門的同時在心裡補充：比起上次的骨裂，這次是小事。

她淚眼汪汪就像被拋棄了的小狗一樣盯著我看，哭道：「要、要是你有事，姐姐也活不下去的說。」

「欸……」

這也太嚴重了吧？

我們不過是普通朋友，雖然我被妳看光，可是作為男生的我是一點也不介意，都沒有一定要妳把我娶回家……

不對，是嫁我之類的，我又沒有那麼保守。

「要是又不小心弄傷人的事讓叔叔知道的話，一定會把我趕出家門的說。」

「哈，是嗎？」

是這個原因嗎……哈哈……還好沒有表錯情……哈哈……就說我們是普通朋友嘛……

可是……不知道為什麼，總感覺自己的少男心被玩弄了。

「你怎麼了，痛得太厲害嗎？」

我搖頭，強顏歡笑：「沒事，感覺自己好像想太多，頭突然有點刺痛。」

李靜一臉認真的說道：「要去醫院檢查的說！」

「不用吧？」

「一定要的說！」

接著，我本來應該是假期宅在家裡的舒服日子，被用到醫院檢查浪費了……

◆◎◆※◆※◆◎◆

「是女朋友嗎？真是恩愛。」

「不是！」

在醫院診間裡被醫生如此說著，我有點尷尬地想要掙脫李靜的手，但卻完全不奏效，擁有怪力的她，絲毫沒有要放手的意思。

感覺是怕我會跑掉？

不過要是她放手，我也真的會馬上跑掉。

「哦——」醫生意味深長地應了一聲，那眼神就是在說「你小子真厲害」般，問道：「是頭撞到嗎？」

「不——」

正當我想要解釋不是很痛時，李靜卻搶著說道：「是的說！」

醫生望了一眼李靜，又向我問道：「是今天發生的事嗎？」

「不——」

「昨天在洗澡的時候打滑的說！」她再次搶著問道：「會有什麼問題嗎？」

醫生再望了一眼李靜，對我說道：「應該沒事，不過還要進一步的檢查。」

「那——」

「真的不會有問題嗎？」李靜抓緊了我的衣服，第三次打斷我的話，搶著向醫生問道。

「沒有。」醫生搖了搖頭，檢查我頭上的繃帶，問道：「是誰做的處理？真的不錯。」

「是我的說！」李靜再次在不應該自豪的地方自豪。

我嘴角抽搐了一下，這是「讓人受傷專業戶」的出品，當然是結實又正確的包紮方法。

我猜醫院裡的護士小姐都沒有這種技術，因為李靜是長年磨練出來的急救處理專業人才！

「嗯——」醫生再次用意味深長又詭異的眼神看著我，說道：「先做一下基本測試。」

說著的同時，他叫我用手指按自己的鼻子、看遠方的文字等等的測試。

「基本上沒有問題，保險起見可以選擇用儀器做些測試。」

李靜猛點頭，說道：「那馬上就去——」

「不用、絕對不用！」

「可是……」

最後在我強烈的反對意願下，醫生沒有用些奇怪的機器做可怕的檢查，我拿了頭痛藥就回家去。

唯有一件事讓我大惑不解。

在離開之前，醫生對我輕聲地建議道：「年輕人要專情一點，不然下次就不是頭破這麼簡單哦——」

我哈哈地笑了幾聲……

他一定是誤解了什麼！

當我們到了鎖匠的店鋪時，才發現今天因「東主有喜」而關門，而蜘蛛和張玲的電話再次巧合地撥不通，最後李靜只好再住在我家一夜。

「要吃什麼？」她身上穿著圍裙，手中拿著電話和外賣菜單向我問道。

「隨便就好了。」我擺著手，把武士王的動畫光碟放到播放機中。

為什麼我的兩天假期都得對著這個怪力女？而且重點是……

「既然叫外賣，就不用穿圍裙啊！」

李靜嘻嘻地笑了笑，「你坐著等吃就好了的說！」

其實我很想說：除了到門口接外賣的動作之外，妳到底有做過什麼呢？

不過算了……

晚飯之後，我捧著衣服，想要進去浴室前，被李靜攔了下來。

「今天不會又來一次百萬衝擊吧？」我退後一步，警戒著。

「才沒有，一會要出來換繃帶的說！」

「知道了。」

李靜把浴帽交到我手中，「不可以洗頭的說！」

這傢伙比我弟還要煩人，我差點就想問她要不要一起進來洗了。

「明白了……」

還好今天她沒有亂來，洗澡時沒有發生任何奇怪的事。

洗完澡，我和李靜坐在客廳裡打電玩。

因為吃了藥的關係，所以頭沒有那麼痛，但是睡意卻早早湧來。在十一點左右我就呵欠連連……

「怎、怎麼了？」她控制著的人物一套連技把我的人物打倒。

「我去睡了……」我放下手上的遊戲控制器。

「嗯，病人要早點休息。」

關上房門，一個人趴到了床上，正打算蓋上被子的時候——

「喀。」身後又傳來了門被打開的聲音。

我望向門邊，穿著睡衣的李靜正站在門口，抱著應該是從弟弟房間拿出來的枕頭。

我爬了起來，意外地睜大了眼睛，「怎怎、怎麼了？」

「一起睡！」她一臉認真地說道：「姐姐要照顧病人的說！」

「可是我的床沒有多大……」

「沒關係！」她拍了一下那平平如也的胸口，「就讓姐姐睡地板好了，要是你晚上出問題的話，姐姐可是會愧疚一輩子的說。」

「不……」

「一定要的說！」

「那個……」

「不可以拒絕的說！」

最後我還是無法勸退她，而且身為一個有風度的男高中生，我把床分了一半給她……

「哇啊——！」

可是我發現這個決定實在太白痴了，李靜的睡姿讓人不敢恭維。只是單單一個小時，她就已經攻擊了我十多次，而且每次都在我快睡著的時候才來。

腦子裡冒出還是去睡弟弟的房間這個想法。

可惜——

「嗯？」

當要起身時，我才發現自己手臂被她抓住了。而且不論是用力扯，還是什麼其他的方式，都沒能抽出來。

「喂！」

推了她一下，但她就像隻死豬一樣，完全不動……

這樣子還說要照顧我？

「哇——」

突然李靜再來一拳直擊！

對不起，我不應該質疑的……

「就算是正義夥伴也不行了。」

我覺得現在不是再忍下去的時候，要是一直遵守著正直男高中生的守則，就只會成為一個沙包。

不進行一些極端點的行為，是不可能正常的睡覺！

覺悟完成的我小心翼翼地、絕對沒有任何不健全的方式下抱著她，控制住她的雙手，再用腿鉗制她不時會攻過來的腿。

這絕對不是因為我有任何不健全的思想，我只是想要睡覺！

很快，她就沒有再度攻擊，安靜了很多，可是……我依然因為某些思春期男生的原因，而在早上才睡下……

一個晚上過去。

醒來的時候，身旁的李靜睜大眼睛看著我，臉靠得異常近。

「怎、怎麼了？」

「沒、沒有的說。」

不一會，我就發現現在這種尷尬的情況，慌張得滾到床下，叫道：「對、對不起！」

「是、是盛遠的話……沒關係的說。」

也就是因為我是病人，所以可以原諒的意思嗎？

「我先去洗臉——」

我飛快跑出了自己的房間……

最後頂著黑眼圈和頭上的繃帶，結束了這個讓人不爽的週末。

▼ Chapter.5 ▼

打工大作戰

「你沒事吧？」

——今天第八次被人問這個問題。

「沒什麼。」我把視線移到始作俑者李靜身上，無奈地搖頭道：「頭撞到一下而已，沒大礙。」

但張玲完全沒有跟我客氣，很不禮貌地拉了一下我頭上的繃帶，又拍了一下我的頭，像是在驗收貨物一樣，「包得真結實，看來是真的。」

「我是印度人嗎？根本不用包頭作為服飾的一部分！」

張玲無視了我的吐槽，又問：「是被仇家追殺嗎？」

「不是！」

「被人追殺？」

「這問題跟剛才的不是一樣嗎！」我吐槽。

「那是——」

「盛遠沒什麼事，不、不用研究的說！」李靜二話不說立即將張玲拉開，像是害怕張玲發現她是凶手一樣。

「呵呵呵呵……」被拉開了的張玲用左手半掩著臉，做出神探伽●略的招牌姿勢耍帥道：「我已經明白狀況了！」

李靜有點驚慌地搖著頭，標誌的長短雙馬尾一擺一擺的，緊張的解釋：「我我我沒有、沒有的說——！」

「嘛——」張玲突然語重心長地拍了一下李靜的肩膀，「以後盛遠就交給妳了。」

李靜愣了一下，然後認真地點頭道：「我、我會努力的說！」

「啊哈哈——」

我無奈地搖了搖頭，還好現在實驗室裡就只有我們三人，不然這種一點也不好笑的玩笑，一定會讓其他人冷得必須再穿一件外套。

不一會，戰爭本部其餘的成員也一一出現。

「驚訝，盛遠去了印度當印度人嗎？」

「醜人多作怪，說的就是這傢伙。」

我不是醜人也不是印度人，所以無視了她們。經過一開始多餘的問候和無聊的嘲諷之後，終於進入了重點。

「我這兩天仔細思考過後，推出來的計畫！」

除了站在白板前的官冰蕙之外，我們幾人專心看著手上的計畫書。

【I計畫：聖誕作戰】

只是看到這個名字就已經有吐槽的衝動，官冰蕙她是香港電影看太多了嗎？

「大家請翻到第二頁。」

我打消吐槽她的想法。因為後果不是自己在暗爽，反而會被她嘲諷得體無完膚。

瞄了一眼，大家都用盡全力把嘴緊閉，明顯在壓抑吐她的想法。

……同志們，辛苦了。

【作戰1：得到答案所在的準確位置。】

「不就是在教師大樓嗎？」

不自覺的說出這一句之後，我才發現自己說錯了話，張玲她們用像是在看勇者的表情看著我。

「是哦……」官冰蕙冷笑了一聲續道：「你一個人去搜尋整座教師大樓嗎？」

「哎……」

「別忘記——有、三、層、哦！」

「重點、重點……」張玲幫我解圍。

官冰蕙哼的一聲，又指示我們把計畫書翻到後幾頁，有關考卷位置上——

「要是我們有千里眼就好了，三層樓真麻煩呢！」

她還是不時刺我一下，真是讓人討厭的惡劣性格。

還好這個任務的主角不是我，而是MI6——蜘蛛，所以官冰蕙沒能找到太多可以嘲諷我的機會。

「大家翻到第五頁。」

【作戰2：潛入。】

我皺了一下眉頭，這麼簡單的名字讓我有點不太好的感覺，馬上再看看差不多用了十多頁來解釋的行動和任務——

【……得到答案的正確位置之後，就讓成員化身成聖誕裝飾品進去盜取……】

「用那麼多篇幅幹什麼，不就是木馬屠城嘛……啊……哈哈……嘛……」看到這句話，我突然發現了計畫來源，然後取笑般的說道。

但下一刻，我就後悔了。

一陣肅殺之氣直撲我而來——

「不、不。」我瞄了一眼嘴角正在抽搐的官冰蕙，猛搖頭，解釋道：「這計畫絕對不是那麼簡單的東西，我覺得十分有深度……對，妳們看，就是這個……這個……還有這個……都是在說明一件木馬要怎樣……」

接下來，我自己扯了一堆完全不知道在說什麼的東西來完場。

瞄了一眼其他人，張玲和蜘蛛向我畫了一個十字架……

請不要放棄我！

「就是木馬屠城沒錯！」官冰蕙冷笑了一聲，放下計畫書，一臉陰沉地說道：「就是很普通的木馬屠城而已。」

好、好可怕……

「既然都那麼了解，那這次的任務就由盛遠來當木馬，你一定可以勝任的，畢竟是那麼了解。」

「我……我……」我試著搖頭。

官冰蕙瞪視著我，「有、意、見？」

「……沒有。」我連反對都不敢，因為官冰蕙的氣場實在是太可怕了。

最後，這一天的討論會到這結束。

當天我回到家後，再看一次計畫書時才發現——

「這本來是個團隊任務啊！」

沒錯，計畫本來就是由幾個成員在聖誕聯歡前輪流裝扮成木馬潛入教師大樓，而不是一個人。

我抱著又開始痛的頭，不甘地叫道：「我為什麼要那麼衝動啊！」

可是這時的我並不知道，一個傳說正因此而誕生……

◆◎◆※◆※◆◎◆

過了幾天的某天在開會之前，蜘蛛像拉壯丁般，把我抓了去進行任務，理由是整個戰爭本部中就只有我可以勝任。為了得到蜘蛛的信賴，所以即使要我進行任務，我也沒什麼好抵觸的，畢竟我是很可靠的人！

「吩咐，要小心一點。」

「哦。」

「重申，如果有人從後梯進來，就用電話通知我。」蜘蛛指了一下她耳朵上夾著的藍芽耳機。

「好的。」

說是什麼重要任務，其實不就是讓我把風？百無聊賴的我看著蜘蛛的身影，有一件事我還是十分在意，蜘蛛到底是男還是女呢？

聲音中性，不太高也不低沉。如果是女生的話，聽起來就是女低音，是男生的話就是男中音。短髮這髮型，男生和女生都可以理，而且蜘蛛又不是光頭，只是普通的短碎髮罷了。

「喚醒，任務開始時別分神。」蜘蛛輕輕推了我一下。

「是是。」

在教師大樓的後梯守著，除了通知蜘蛛有沒有人上去之外，另一個主要任務就是保證他的逃生通道。

在戰爭本部的各個成員中，要問哪一個成員會把任務完成得最正常？大概所有人都會答是蜘蛛。張玲和李靜她們兩個在某些時候會很可靠，但絕不是在這種簡單又無聊的普通任務中。至於官冰蕙？她不出賣我就已經很好了……

「那個、小心一點。」

「微笑，我知道了。」蒙著臉的蜘蛛對我點了點頭，轉身拉開門，走進後梯。

我四處張望，發現自己的關心有點多餘。這裡沒有學生經過，有的只是雀鳥的吱吱叫聲、不會說話的鐵欄、掛在建築物牆上的畫作，還有我。

前方的幾幅圖畫上，布滿不少灰塵，連著圍牆的部分更滿是脫落的顏料；真正是主角，畫像中的人物，早已變得面目全非。這裡的壁畫，似乎已經沒人在打理。

「做點事來掩飾一下吧……」

為了不太可疑，我沒有大刺刺地站在後門，我去找了一條抹布以及一個裝滿水的水壺，扮作是校園美化社的社員在清潔畫作上的灰塵，還有洗去在鐵欄杆上黏著的顏料，這工程不是一般的巨大……

因為鐵欄的設計是連著整個學校圍牆一直延伸，要打理這麼大的一片地方，感覺並不太容易，所以照顧畫作的人，會忽略這處沒人經過的地方。

「同學你好。」

一道女生的聲音由我的身後傳來。

難道是校園美化社的社員？還沒有放下手上抹布的我，馬上轉頭看過去——是和李靜一樣擁有幼兒體型的女生，長長的波浪捲髮型加上一對大眼睛，那樣子有點像小孩裝成年人。

「妳好……」

校章的顏色是紅色，跟我一樣是高一生，但我沒在班上見過這個女生，所以是同年級不同班的女同學。

「如、如果不介意的話……」說著的同時，她的臉微微紅了起來。

她小心翼翼地把小木椅遞到我的前方，「請、請坐著來清潔，會舒服很多，而且……不可以用濕布來清潔畫作的。」

因為她的反應，讓我都跟著緊張起來，「對不起……當、當然不介意。」

還有一點可以肯定，她還不知道我是惡名昭彰的那個魔王。

「我可以坐旁邊嗎？」

「當然可以。」

我點了點頭，看著她把另一張小木椅放到我的旁邊，然後她和我開始一起清潔。

「那個、妳是校園美化社的人嗎？」

說了這句之後我就後悔了，如果她不是校園美化社的人，又怎可能會出現在這裡整理鐵欄上的畫作呢？不過這句話又好像不對，因為我不也一樣出現在這裡清潔嗎？

真心糾結……

但她給我的答案，就更讓我糾結了。

「很、很快就不是了。」

「為什麼？是轉學嗎？」

她輕輕搖著頭，有點寂寞地說道：「如果期末考我主要科目的成績沒能達到及格線，就不能繼續參加校園美化社，到時候只有我一個社員的校園美化社就注定要解散了。」

「那可不行，這麼多的畫作，還有走廊的布置，誰會去打理！」

她歪了歪頭，一對大眼直視著我，開玩笑的語氣說道：「你來照顧？」

「哎？」

「說笑說笑。」她搖了搖頭，再次說道：「不知道……學校可能會讓學生會處理吧？不過就算不那樣做，只有我一個人也管不了那麼多地方……」

我看著那些被風吹雨打得像抽像派畫風的寫實派畫作……

雖然不太好看，但還是讓人心曠神怡，有種它們就算變成這樣也不會自暴自棄的感覺。而我只是身上沾上小小的汙名，怎可以輕易投降！

「你也是這麼想的嗎？」她十分高興地望著我問道。

「啊……是的。」

突然被她這樣問感覺有點尷尬，又不好意思，而且我發現自己最近似乎有把心裡話說出口的傾向，是撞到頭的關係嗎？

「我會努力讓期末考過關的！」她握緊了拳頭，似乎十分有自信的樣子。

「喔喔——加油！」

又過了一會，她看了一眼手錶，對我說道：「我該回家了，椅子放一邊就好了，我明天來再收拾。」

「嗯。」我向她揮手道別，「再見。」

在她走了之後，我才發現自己連她的名字也不知道……

這朋友似乎交得有點失敗。

不過總算是良好的開始，而且我明白現在所做的抗爭不是些無聊的事，而是一件非常有意義的事情。至少我肯定可以幫助一個想要留在校園美化社的女生，還有守護這些畫作！

時間又過了一會——

「驚訝，盛遠你在幹什麼？」

我誒嘿嘿地笑了一下，尷尬地說道：「我在……哈哈……這是偽裝，不然一個人站在後梯的出口，不是很礙眼嗎？」

「贊同，盛遠原來開始動腦子了。」

「這是在說我之前一直沒有用腦嗎？」

「別開視線，也不是啦……」

可惡，明顯就是認為我沒有動腦子。

「東西都到手了嗎？」

「不甘，就差第二層和第三層的兩個教師辦公室鑰匙沒有到手。」

我皺起眉頭說道：「那不是很麻煩嗎？」

「嘆氣，在校工手上。這個學校之中，唯一完全沒有死角的最強者。」

「什麼？」

「比喻，我跟他就是今川義元在桶狹間對上信長一樣，只能大敗而回……」

感覺校工是蜘蛛的天敵……

要是真的缺少了這兩把重要的鑰匙，推翻官冰蕙的木馬作戰就失去了依據。

等等——官冰蕙早就預計到這種情況？她知道鑰匙在校工身上，才定出木馬計畫的嗎？

「遲疑，軍師應該知道這件事……」

真不愧是軍師，已經把這部分都計算好……我好像又把心底話說出來了。

「提問，接下來配鑰匙要一起來嗎？」

「不了。」

我搖了搖頭，與蜘蛛分道揚鑣。

雖然時間對我來說還是很早，但回到家也是一個人，那倒不如留在學校裡做點有意義的事，比如清潔一下那些倔強的畫作之類的……

嗯，我絕對不是因為那人是女生才這樣，而是覺得她有點努力，所以才要幫助她一下。

「好的！」再到後梯那邊把收好的椅子拿了出來，我開始剛才還未做完的清潔工作。

「你是誰？」——這樣的問題沒有出現，因為並不是那麼多人經過，而且根本沒有人來關心這裡的畫是不是已經跟鐵欄長到一起。我就那樣一直擦、一直擦，直到響起了必須離校的鐘聲才開始收拾東西。

話說這學校實在太大了，單單是後門這處沒太多人經過的地方，也要我用上一個多小時才清理完一半。要一個女生打理？可能的事，太辛苦了！

「以後有空就多幫忙一下好了。」我擦了一下額角的汗水。

突然間，背後傳來了叫聲。

「同學——！」

今天我是走朋友運嗎？怎麼這麼多陌生人叫我呢？

我轉過頭，在我眼前的是一個雙馬尾髮型的女生和一個梳中分髮型的男生。他們的手臂上都有寫著「學生會」三個字的臂章。

由領帶的顏色可以得知女生是二年級生，而那個男生？我就更不可能不知道，因為他正是我校的學生會會長。

「是？」

學生會會長張鉚，他對女生來說是王子一樣的存在，不過對男生來說，就是妒嫉和自卑的源頭。因為他是一個有名的花花公子和有名的後宮主。

清秀的樣貌、溫柔的手段、悅耳的聲線……

學生會的所有成員除了會長之外，全都是女生。傳說這是他特意選女生，另一個傳說是他跟不少女生傳出曖昧關係。不管是不是真的，這都成了我們所有男生的談資。

「你是校園美化社的新社員嗎？」

學生會會長的聲音聽起來帶著磁性，讓我不自覺的對他產生了好感。這也許就是受歡迎的基本吧？不然我為什麼都沒有正常女生喜歡！

嗚……

畜生！我一定是失敗在那嘶啞的聲線上！

還有這個中分頭到底有什麼好？又土又噁心！這種花花公子，真希望他被人揍一頓，連巡邏也要帶一個女生什麼的，太腐敗了！

「同學？」

「不、不是，我沒有詛咒你……啊，不對、我不是校園美化社的社員。」我馬上搖頭。

「那你在這裡？」學生會會長歪了歪頭，同時旁邊那個女生的眼神馬上變得警戒起來。

氣氛變得古怪。

我搔了搔頭，試著解釋道：「除塵？」

「不是校園美化社，為什麼去除塵？是想騙我妹妹的感情嗎？你這個混帳東西！」那個雙馬尾女生像是火山爆發一樣衝我吼道，要不是被學生會會長攔著，她的拳頭就要揍中我了。

難道雙馬尾都有隱藏暴力屬性嗎？

這女生看起來好像是暴躁版的李靜，雖然破壞力還不知道，不過只看她的氣勢已經明白，這絕對不是我可以招架得住的狠角色。

「不是的……絕對不是……我只是覺得這些畫作要是因為校園美化社沒了就沒人打理而消失，實在可惜，絕對沒有其他半點的想法！」我一口氣說道。

「什麼？」雙馬尾女生大為震驚似的張大了嘴巴，「你真是這麼想的嗎？」

「是、是啊……」我把之前無意中對校園美化社女生說過的話，用另一種方式再解釋了一次：「看到這些雖然變得比畢卡索更抽象畫風的人像畫，但依然不怕羞又堂而皇之地展露在人前，我就覺得好像被它們鼓勵了一樣，叫我不用介意世俗間對我的誤解！」

雙馬尾女生突然伸出手，一臉高興地說道：「我叫徐詩，請你一定要維持這樣的心態，我們學生會亦在努力讓這一大片畫作重生！」

我握了一下徐詩的手，這傢伙還真是容易相信別人，儘管我說的都是實話……

「沒錯，這位同學請放心，我們學生會一定會努力保護好它們的。」

不知道為什麼，學生會會長也跟我握了一下手，讓我感覺自己好像是某個有名的大人物一樣。

「一、一起加油吧……」

這是第一次，也可能是唯一一次，我和學生會會長在同一個立場下和平又友好地交流。

這時的我還不知道，眼前這個中分髮型的男生在接下來的一星期裡，會帶給我多大的變化，而且是來得那麼急，又那麼突然……

◆◎◆※◆※◆◎◆

第二天，來到實驗室之後，我就聽到了如同九級大地震的震撼性的發言——

「慶祝我們得到教師大樓的鑰匙，本大帥決定獎勵一下你們！」張玲一手捧著盒子，另一隻手高高舉起。

「……那是？」看了一眼盒子上的精美包裝，如果讓我猜測的話，那應該是個蛋糕，而且是價值不菲的蛋糕。

「聖品！」我由官冰蕙的眼神之中，讀到了狂熱的情緒。

「是是、是『甘草堂』的草莓迷宮的說！」李靜也差不了多少，口水都快要滴出來了。

最正常的要算是蜘蛛，依然很冷靜地說道：「報告，每天限量四十個，到四點之前必定會賣完，就算是一塊也會被瘋搶的聖品，都市傳說有人因為吃了一塊草莓迷宮而感受到神的召喚。」

……那則都市傳說是想說這蛋糕會毒死人吧？

等等，吃東西就代表蜘蛛要把面罩脫下來！

「別管那些了，快把刀叉碟子拿出來！」張玲舉起手指揮道。

「好的說！」

我目不轉睛地盯著蜘蛛，可是……

「你怎麼不吃？」

「搖頭，我不吃甜食的。」蜘蛛理所當然地說道。

可惡，這樣就看不到蜘蛛的臉了！

因為太不甘心，所以當我想要吃一口蛋糕的時候……

「嗯？」

本來在我碟子上的一塊蛋糕，不知何時不翼而飛。我轉過頭……

是張玲偷走了。在我想搶回來時，她卻一大口把蛋糕吃進肚子。

「這邊給你。」李靜看我太可憐，就分了一小塊草莓蛋糕給我。

在這樣那樣的事情發生過、存在過、爭奪過的十分鐘之後，戰爭本部迎來一個極嚴重的問題——

「妳、妳！」嘴角還沾著奶油的官冰蕙瞪著張玲，激動地問道：「妳是說，剛才的蛋糕已經把我們的經費全部用完了嗎？」

「啊哈哈～～」張玲眯起一隻眼，輕輕敲了一下自己的頭，「就是那樣哦！」

暴怒的官冰蕙抓狂了，衝嬉皮笑臉的張玲吼道：「竟然把錢用在吃喝上，妳這個白痴！」

「沒什麼啦～～」張玲拍著官冰蕙的肩膀，一副「少安勿躁」的表情，「反正錢本來就不足夠買材料，那不如先享受再想辦法吧！」

「但也——」

「……有點道理的說。」李靜被帥氣的大帥張玲說服，點著頭。

「別同意她，花完錢之後，不是缺更多錢嗎？」官冰蕙指出重點。

「安啦安啦～～還有時間不是嗎？」張玲抽出一張面紙，輕輕拭去官冰蕙嘴角的奶油，開心道：「妳剛剛也是吃得很高興嘛……」

官冰蕙的臉蛋微微紅了起來，「也……也不是這樣，不能浪費。」

「納悶，大家都去打工不就行了嗎？」蜘蛛提議。

「哎？」

然後，在大帥的一聲令下，戰爭本部所有成員為了得到製作木馬的經費，又同時展開了另一個作戰計畫，名為——打工大作戰！

◆◎◆※◆※◆◎◆

「兩份一號餐，可樂不要冰，漢堡不要黃瓜芝麻……」

「是，一共六十塊錢。」我故意壓低聲量，裝成女中音對他說道。

接過錢後，我再謝了他一次，轉過頭，把已經笑得抽搐的臉放鬆了下來。這樣的工作真是太過辛苦了。

「責問，盛子停下來偷懶嗎？」一旁傳來蜘蛛的催促。

我輕輕拍了一下自己的臉，立即把食物放到盤子上，回復笑臉，轉身對客人笑道：「這是你點的兩份一號餐……」

「是的。」

然後他盯著我，似是期待著我下一步的行動。

「嗯？」我裝作不明白似的歪了歪頭，不過實際的話就是在說：喂喂……我是不會做那樣的行為！

他仍盯著我，眼神裡帶著熱切的期待。

「嗯？」我再次扮作不了解地微笑了一下，但我真正想說的話是：我絕對不會做哦！

「威脅，盛子快點！」蜘蛛在我的耳邊催促道。

客人十分認同蜘蛛的話，點著頭等待我下一步的行動。

「啊……？」我又再一次歪頭，但我真正想要說的是：我絕對不會做……

「微怒，盛子，後面的人已經多得可以組人浪了哦！」

我抽了一下鼻子，不甘心地說出了那一句我認為十分羞恥的臺詞：「請、請……請讓我為你施展更加美味的愛心魔法吧！」

客人雙眼像是發光般，猛點頭道：「務、務必！」

「接受這一份愛心的漢堡套餐——」我在內心裡淚流滿面，不過臉上依然要保持笑容，像傻瓜青蛙般自轉了一圈，半抬起腳，用雙手做出心形的手勢，再歪頭道：「啾——喵！」

啊呀……對不起在天國的親生母親！

我要崩潰了！

而我在完成這麼做作又噁心的動作後，那群人的反應卻是——

「太、太可愛了！」

「不愧是不從的女僕盛子醬！」

「盛子最高！」

我已經不知道這群人到底發生了什麼事，連我自己也開始迷茫。在那一次會議結束之後，我就進入了一個十分難以理解的世界……

「拍肩，盛子辛苦了。」

「嗯……」我望了一眼蜘蛛，無奈地應了一聲。

忙活三個小時後，我才有小休的機會。

這裡本來是蜘蛛打工的地方，一間女僕速食店：女僕店員加上速食的店鋪。聽起來十分詭異，但奇怪的是這裡的生意每天都非常好。

「那個……你不熱嗎？」有件事我一直很在意，就是蜘蛛為什麼任何時候都把臉蒙著。

「搖頭，不熱。」蜘蛛一邊翻著雜誌、一邊說道。

儘管蜘蛛一副神神秘秘的模樣，但在我來工作之前，他算是眾女僕中人氣最高的一個。

蜘蛛這個不知是男是女的傢伙，竟然會是這裡的王牌女僕？因此我到現在一點也搞不懂某些男生的想法，到底是我太奇怪？還是這群人是變態？

而我……

算了，我自覺也有點像女生。可能是遺傳也說不定，我弟在開始女裝打扮時，亦有不少鄰居以為我家多出一個妹妹……

「提示，要工作了！」蜘蛛合上雜誌。

我嘆了口氣，隨便應了一聲，把外衣重新套到身上，再次開始女僕的工作。

還好這店鋪距離我家和學校十分遠，所以不用擔心會被同班同學以及旅行回來的家人發現。不過就算他們發現，也沒多大關係了，反正我的名聲已經臭到一個難以置信的地步，繼捆綁、破壞之後再加上一個變裝……似乎沒有什麼大不了了。

家人？經過弟弟的衝擊之後，我相信媽媽不介意又多一個「女兒」。

「等等！」

我用力地拍了一下自己的臉，有這種想法的我真的沒問題嗎？

不管了，現在什麼都不重要，快點完成工作、讓這場惡夢完結更好！

可惜當我正直向上、十分積極的時候，就是這個世界排斥我的時候。蓋亞彷彿不想讓我留在「正常男高中生」這條世界線，永遠都要出一點難題給我。

回到前檯不到三分鐘的時間，就出現了讓人意想不到的事。

本來低下頭整理包裝醬料的我，聽到幾天前才聽過一次的熟悉聲音——

「我要一份一號套餐。」

「請稍——」

我抬起頭，接著馬上啞了。因為出現在我面前的不是其他人，而是我校學生會會長，名為後宮主的男人——張鉚。

「請、請……稍等……」我結結巴巴地說著。

他、他……為什麼會來這裡？

「妳好？」他偏了一下頭，在我的面前揮了揮手。

張鉚並不知道那天握手的人正是面前的我，沒錯，我不是盛遠，現在我是女僕王牌——盛子！

「妳不舒服嗎？」

我有點尷尬地搖了搖頭，聲如蚊蠅般：「不、不是，請問要點什麼？」

他笑了笑。

如果站在女生視角的話，那就是——

燈光在這一瞬間失色，因為他在臉上拉出微笑，用帶著磁性的聲音說：「是一號套餐哦！妳真迷糊呢～」

唔……

不過，站在男生的角度，就只是在臉上拉出做作的微笑，虛偽的聲音快要讓我吐得一地都是。

我強顏歡笑：「是、是呢，我很迷糊，哈哈……」

「麻煩妳了。」

我半掩著嘴，壓下想要吐出來的衝動，「是，我馬上就去。」

他的眼神就像是看到獵物的獵犬，我還可以感覺到他身上一道奇怪的氣勢正衝著我而來。難道他已經識破了我是那個在樓梯處的男生？

不對，這不可能，我和當時相似的就只剩下身高這一項而已。化妝加上本來的偽娘基因，女僕樣子的我大概連我弟都不可能認出來！因為我連自己在照鏡子時，都以為是在看其他的女生。

雖然不想承認，可是化妝之後的我，的確是有點可愛……

正當我轉身準備食物時——

「憤怒，本店不做這傢伙的生意！」旁邊傳來了蜘蛛激動的喝罵。

「嗯？」

不少客人像我一樣錯愕地看著蜘蛛，不過似乎也有客人和店員在點頭。

蜘蛛指著張鉚，大聲地喝道：「重申，不做你這傢伙的生意，給我滾！」

他們……好像有很大的仇恨……

如果蜘蛛是女生，我猜大概是被張鉚甩了；而蜘蛛若是男生的話，那一定是女朋友被張鉚搶去。

「嘛，蜘蛛不要這樣。」張鉚聳了一下肩說道：「我可是這間——」

蜘蛛二話不說，將已經準備好的漢堡包丟到了張鉚的臉上！

「啪！」

張鉚本來英俊的臉，黏上一片黃瓜，中分髮型也染上了一些沙拉醬。

「快點走，這裡不歡迎你！」

「你這花花公子！」

「毒害女生的公敵！」

不只是蜘蛛，就連店長和小部分客人都開始對張鉚做出聲討，明顯這傢伙在這裡的名聲不太好。

他搖了搖頭，拭去臉上的黃瓜，笑著道：「那算了，下次我再來吧。」

「反彈，絕對不要來！」

還有沙拉醬沾在頭髮上的他，無視了蜘蛛的話，瞄了一眼我的名牌笑道：「盛子要保重身體，不然會有人傷心的哦——」

說罷，他留下了這句話、幾乎暴動的客人、石化了的我，就離開這間女僕速食店。

不然有人會傷心……

不然有人會傷心……

不然有人會傷心……

「忍笑，科科。」

「啊呀——」崩潰的我，控制著自己沒有把頭撞到牆上。

蜘蛛的肩膀一抽一抽的，似乎是在強忍著大笑。

「盛子不要理會那個人，他可是個花花公子……」

店長把我拉到了一旁輔導，意思就是讓我不要陷入那個後宮主的愛情陷阱中。

「我、我明白的。」

漸漸我就了解張鉚之所以不受這裡歡迎的原因——他多次欺騙這裡職員的感情，還一腳踏多船、玩膩後拋棄掉之類的惡行。

「雖然盛子是短期打工，不過也是我的孩子，本店長要守護好你們！」責任心過重的店長摸著我的頭，正義地說道。

「真、真是個大壞蛋呢……」我搔了一下臉，不過真正想說的話其實是：原來臉長得好看是那麼吃香。

我不能怪白痴父親還有已經在天國的親生母親，因為長相這種事……真的……嗚……我似乎也有建立一個後宮的夢想……

搖了搖頭，我把這不健全的想法拋開，因為一個擁有健全思想、正直的男高中生，是不應該有建後宮的夢想。

「去工作吧，客人在等了。」店長溫柔地對我說道。

「嗯！」

可是……

很不甘心！這個可惡的人，作為我們的敵人、作為男人，他竟然可以活得那麼舒爽，而我就要被勒令在這個地方扮女生打工……

太不甘心了！

最後，一天的工作終於完結。

「道別，明天再見。」

換完衣服的我，把變裝用的女生衣裙交到蜘蛛的手中，一心想著有關張鉚的事，差點忘了向蜘蛛揮手道別。

「揮手，明天學校見了哦。」

「嗯。」

▼ Chapter.6 ▼

初陣、木馬盛遠與紙箱怪人

為期一個星期的打工，我們終於集齊好資金，只是經過蛋糕事件之後，官冰蕙已經信不過張玲，所以拉著我和李靜三人一起買材料。

「要買這個、這個和這個的說！」李靜像花蝴蝶一樣，在文具店中把需要的東西捧到身上，同時還指揮著我們把材料買下來。

「要要、要這麼多？」官冰蕙的臉都快變綠了。

「對啊，只不過用一次而已……」我絕對不是因為不想拿東西才如此說話。

「差不多的說！」李靜突然變得很專業，對我們搖了搖食指，正經的說：「要做出一隻成功的木馬，這些都是基本的說！」

「嗯……好吧。」官冰蕙的嘴角抽搐了一下，手上拿著小本子、按著手機的小計算機不斷地算著，有種「官兵衛」化成了「管家蕙」的感覺。

李靜晃了晃那一長一短的雙馬尾，心滿意足地說道：「我們繼續的說！」

接下來，不只是掃蕩文具店，我們三人還到布店和五金材料行買各式各樣的材料。

李靜買的東西已經多得可以組裝一架鋼鐵戰艦的模型了。一個下午的時間，她就花光了所有的社團經費——沒錯，我們所有人打工一星期的錢竟然在一個下午就用完，這花錢的速度真心可怕……

「站住！」

捧著一袋袋東西的我們，被校門當值的學生會委員截停了下來。我看了一眼李靜和官冰蕙，她們並沒有異樣，看起來學生會截停我們的事應該是十分正常。

轉頭望向那個截停我們的人，是三個女生，跟李靜同樣是二年級，領頭的是一個長捲髮，有著長腿和性感雙唇的女生。

「我懷疑你們手中有違禁品哦。」

「我們才——」正想要辯解的我被李靜拉了一下衣袖。

「讓軍師處理。」李靜小聲在我耳邊說道。

官冰蕙冷笑，示意我和李靜把東西放到她們前方，「搜吧，能搜出來的話就搜。」

「莎菲娜知道不可能搜出什麼，不過啊，我就是想要噁心一下妳哦，小蕙蕙！」

官冰蕙裝作無可無不可地聳聳肩，可惜她臉上的表情看起來不像她嘴上說得那麼輕鬆。

「可惡的說！」李靜握緊了的拳頭，發出了「啪啦啪啦」的聲音。

要不是官冰蕙對她搖頭，我猜李靜一定會像猛獸一樣撲上去跟她們決鬥。

正如那個領頭女生莎菲娜的猜測，她們什麼也沒有找到出來，最後只能放我們離開。

「學生會時常會針對我們，所以這種事習慣就沒什麼了。」官冰蕙沒有對我解釋太多。

「哦，是這樣……」我點了點頭，雖然官冰蕙解釋了，不過總感覺有點不對勁，望了一眼李靜，但應該知情的她卻沒有補充。

我之所以覺得古怪，是因為學生會的人似乎只針對官冰蕙，反而我和李靜手上的東西只不過是隨便搜搜的程度。官冰蕙跟學生會一定是有著別人不知道的秘密……

但是我沒自討沒趣的去問官冰蕙。

「我們回家了。」

把材料放下之後，大帥張玲就宣布今天可以散會，讓我們早一點回家。

雖然我很想知道關係到我之後任務的重要道具的製作過程，不過馬上被李靜找了一大堆各種各樣的原因把我推走，說是一個人閉門製作比較好。

「她每次都是一個人做這些手工品的嗎？」

張玲推著我的肩膀，想要把我硬推走，「小靜說過她怕別人不知道搞亂，所以都是一個人製作，哈哈～～」

這個「哈哈」十分可疑……

而在離開學校的時候，我還隱約聽到蜘蛛與張玲的聊天。

「驚慌，盛遠不是發現了吧？」

「不會，那傢伙是傻瓜。」

難道又有陷阱？

◆◎◆※◆※◆◎◆

一天之後——

《武士王》，人稱最熱血的動畫，巨大機械人動畫的一個極致，跟《新世界詩歌戰士》不同，這不是意識流的動畫，是一套熱血流的戰鬥動畫。

沒有太多殺必死畫面，反而出現大量經典句子——

寫作承認，讀作勝利！

不論是讀多少次，都是那麼讓人熱血沸騰。

雖然在強力巨大機械人總選中，輸了給另一部同樣熱血到極致的機械人動畫，可是武士王永遠都是我心中最強的機械人。

儘管如此……

「請問現在可以把臉全掩著……不，是把頭盔戴上嗎？」我快要哭出來。

——我一點也不想 cosplay 武士王！

「你以為我不想快嗎？你頭上的繃帶卡住了啊！」官冰蕙不滿地對我說道。

我望著正在把 cosplay 用的「裝甲」套到我身上的官冰蕙……

沒錯，就是武士王的裝甲：黃金色的大槌（紙皮製）、粉紅色的拳頭（可更換）、獅子王的胸口（微損毀）。

難怪昨天不讓我留下來幫忙，這跟羞恥 play 沒有太大分別，尤其是大帥張玲正在用攝影機拍下整個過程。

「來，笑一個！」

「唔……」

「快看過來啦~」

「哈·哈？」我翻起白眼地笑著。

「好、好可愛……不對，是可憐的說……」說這話的李靜和張玲沒有分別，用另一部照相機猛拍著。

這兩個傢伙完全沒有幫忙的打算。

因為蜘蛛不在，所以在這裡認真工作著的就只有我和官冰蕙。

「拍好待會傳給我！」官冰蕙一邊把手臂上的裝甲套到我的身上，一邊對那兩人說道。

好吧……這裡只有我一個是在認真工作的，真是太可憐了。

我都快要哭了哦！

戰鬥吧
校園戰爭本部
01

War-Club

而且當我想要用手拭一下眼角的汗水——不是淚水——官冰蕙的攻擊馬上就來了。

「不要動，你現在是木馬！」

被拍了一下還有點痛的頭，我弱弱地說道：「是……」

不要傷心，我現在是一隻不能動的木馬；不能傷心，我現在是一隻即將被送到教師大樓的木馬。

……嗚，還是很想哭。

至於為什麼是武士王？我想起了一個星期前的戲言——

那天官冰蕙隨意地向我問道：「如果你變成木馬的話，想要用什麼偽裝？」

我同樣隨便地應道：「一個普通的紙箱就好了。」

「很沒創意的說！」李靜嘲笑。

「偷笑，盛遠真弱。」蜘蛛鄙視。

「紙箱真是不適合戰爭本部的風格，一點也不拉風！」張玲極度鄙視。

我不屑地說道：「那就武士王吧！」

然後？

現在我後悔了。

「好，完成！」

整套cosplay用的武士王「裝甲」中，就只有一個小孔是留來讓我呼吸換氣，所以我現在是什麼也不能看到的狀態。

官冰蕙突然把安在我頭上的頭盔拆了下來，望著我認真地說道：「現在我們就會把你運到教師大樓去，你要在那裡待到今天晚上，知道嗎？」

「明白。」

「因為裝甲還有機會裝回一個完整武士王，所以出來的時候要按順序來拆卸……」接下來，官冰蕙又說了一大輪拆卸的順序。

最後張玲接過了官冰蕙的話，對我吩咐道：「最後是手機要先關上，可以活動時才啟動，明白嗎？」

「嗯。」

「到時蜘蛛會把資料傳到你的手機裡……」張玲一臉詭異地對我笑了笑，說道：「而且在九點半之前一定要完成，不然就準備在學校睡一晚！」

「妳、妳們在哪裡接應我？」

張玲裝作蜘蛛的語氣說道：「回答，後門的警報系統我已經關掉了。」

看著嬉皮笑臉的張玲，我生出不太安全的感覺。

「重點是要躲開巡邏的校工……你都記住她的路線了嗎？」官冰蕙認真對我吩咐道，同時將幾把鑰匙交到我的手上，「這是用來打開教師辦公室門的複製鑰匙。」

「都記住了，八點前校工在教師大樓巡邏，八點後是主樓，九點開始會上鎖……」

「沒錯。」官冰蕙和張玲同時點頭，還同時望向有點呆的李靜說道：「這記性比小靜好太多了。」

李靜則是誒嘻嘻地傻笑著，完全沒有認為官冰蕙是在損她，果然是笨蛋！

「加、加油的說！」李靜摸了一下我的頭，做出一個打氣的動作。

我正想要回應的時候，突然眼前一黑。

「那就這樣吧！」

官冰蕙又把頭盔套到我的頭上，強行打斷了李靜和我的對話。

「唔……」

「站起來試試！」官冰蕙命令道。

我試著站起來。可是這裝甲造得實在太仔細，關節部分太多飾物，因此很難走動，在走了兩步之後，就由看不過眼的李靜將我抬到手推車上。

看不見，但這裡就只有她一個人擁有可以抬起我的力量。就算是在武士王裡，一想到自己被家人以外的女生抬著，就感覺十分丟臉……

「出發！」

我懷著不安的心情，被送離了實驗室……

◆◎◆※◆※◆◎◆

木馬屠城、特洛依木馬。

「這、個、真、的、是、武、士、王！」

……那是一個希臘神話。

「好厲害——」

「有那麼一點的說。」

希臘人在特洛依城大戰多年，因為久攻不下而想到用計，接下來，希臘人把巨大的木馬留在敵人城外，讓對方以為是給他們的戰利品。

「要把這個送到教師大樓去嗎？」

「是的。」

當那些敵人將木馬拉回城內之後，就開始大肆慶祝勝利，不論是請王上座的言官，還是熱血戰鬥的戰士，都喝得酩酊大醉。這個時候，那些潛伏在木馬內的希臘人現出了鮮紅的利刃，打開城門，把其他的同伴放進城，像農夫對田裡的豆子一樣，對城裡的人命進行收割。

「哇，是學生會做的嗎？」

「嗯……我們先走了。」

這就是木馬屠城，亦是我現在執行的這個計畫的原本來源，現在則是由官冰蕙改了一丁點，不是由我開門讓她們「屠城」，而是我獨自一人進行任務。

「有點懷念，竟然是武士王！」

因此我現在需要做的事，就是等待以及等待還有等待。我還記得第一次遇上李靜時，也是待在狹小的空間裡，她更教導過我要耐心等待時機，當時的我還不知道她是戰爭本部的一員，只以為她是個有點凶暴又有點傻的女生而已。

「這個傢伙是聖誕的特備Ultimate Fusion終結融合！」

第一次看到官冰蕙的時候亦和現在不一樣，當時她是個十分冷淡的人，現在我則知道她只是外冷內熱的傢伙，缺點就是嘴太毒。只不過那件事我都沒有好好向她道歉過，唔……不如就趁著聖誕節把她約出來道歉吧？

「GAGAGAGAGA——哈哈——我還記得那首主題曲哦——」

張玲？根本就是麻煩製造者，不斷出些怪主意，惡作劇……不過我還是感激她，至少她沒有像其他女生一樣把我當成淫棍，而且半強迫的讓我加入戰爭本部，雖然所謂幫我奪回名節的承諾到現在還未兌現。

「幫我拍一張——」

突然間有一道壓力由「裝甲」上傳來，似是有東西壓到我身上般。呼吸的空氣中，滲入了十分濃烈的玫瑰香味……

「抱著武士王來一張！」

唔……應該是個女老師。要不是我在武士王之中，那個不知名的女老師應該會瞬間把這具用紙皮做的武士王壓成了渣渣……

「這個可以拆出來的嗎？我想要那個黃金槌！」

不要！

但是不能動、又不能說話的我，根本無法保衛武士王身上的武器——卡的一聲，我其中一個用來施展絕招的武器就被拔走了。

「哈哈——看！」

同時傳來的，還有那人揮舞槌子的呼嘯聲。

可惡！

……話說這裡應該是教師辦公室吧？為什麼我總感覺這群已經是成年人的老師，比還未成年的學生幼稚很多！難道這種行為才是他們的真面目嗎？

但有關於「武士王」的惡夢現在才開始——

不只是槌子，就連那雙可以替換的粉紅色拳頭都被拆了下來。

還好製造這套裝甲的李靜似乎早就預計到會出現這種情況，所以在裝甲內還有另一層的外皮包著，我才沒有露出馬腳。

不幸中的大幸是這群老師畢竟還知道這裡是學校，不可以做得太過分，並沒有把我身上的東西拿回家，拍完照後就逐一安裝回本來的位置。

只是我沒有想過，等待會突然變得那麼難過……

這武士王的一個大敗筆，就是完全無法看到外面的情況。設計上的缺憾，讓我連時間都不知道。

到底要怎麼才可以完成任務啊！

在我思考人生，在心裡計算著還有多久的時候——

「這個是什麼？」

「嗯，你不知道嗎？」

一個年輕男生與男人的對話，傳到我的耳中。

「我怎會知道。」

「欸？不是你們學生會送來的嗎？」

「不是。」

我記起了，說話的人是學生會會長，被稱為後宮主的張鉚。雖然現在已經是第三次接觸他，不過還是讓人妒嫉得想要脫下盔甲打他。

為什麼我這個正直男高中生要在這裡當一隻木馬待著，而作為花花公子的他卻可以自由進出這個教師辦公室？

太不公平了，這個制度一定要改革！

只是現在似乎不是想這些事的時候，因為我感覺到學生會會長、名為後宮主的張鉚，似乎對我這隻木馬起了疑心。

「這不是聖誕節的裝飾品之一嗎？」

「怎麼可能！」

這種情況下有很大的機會被揭穿，可是我仍決定一動不動！因為武士王造得那麼精巧，絕對不會輕易就被發現！

「要我把這東西處理了？」學生會會長問道。

不會吧……

不要、不要動我！

心跳不自然地加速跳動，我感覺到身體開始顫抖，呼吸也緩慢下來，就像是等待發射子彈的一瞬間。

「——不。」

呼……放鬆了下來。

「就放這裡吧！應該是棒球部或是足球部做出來的東西，而且很多老師都喜歡，等明天我問一下是誰，再去做處理。」

「那好吧。」

一陣緊張過後的脫力感侵進我的全身，原來當一隻木馬也不是那麼簡單的事……

除學生會會長的登場之外，接下來的時間我都是在「被拍照」中度過。

「林老師，時間到了，明天再批改吧！」

我校身兼保全工作、被蜘蛛稱為無死角最強者的校工，對最後一位留在教師辦公室的老師勸說著。

「哦哦……不好意思，每天都麻煩妳。」

「沒關係。」

緊接著一陣像是關門的卡喀聲響起，證明了這個地方已經沒有人，就只剩下木馬裡的我而已。

「呼……」

我輕呼了一口氣，雖然在木馬內並不熱，但因為緊張的關係而流得全身都是冷汗。

把頭盔脫下來，我活動了一下手腳，從放學到現在終於可以活動了。我呼吸第一口新鮮的空氣後，望向四周。

這裡就是教師大樓中最大的、二樓的教師辦公室，大長方形的結構，除了辦公的桌椅之外，還隔出幾間用來放東西的房間。因為沒有關上百葉窗簾，街燈的光照到這裡，讓這個本來應該沒有亮燈的地方也不顯得昏暗。

「真的沒人了。」看了一眼掛在牆上的時鐘，現在的時間是七點四十七分，我在木馬裡待了三個多小時。

首先是按順序把武士王的裝甲脫下來，然後點開手機，再來把耳機戴上。

「喂喂，聽得到嗎？」

「這裡是戰爭本部．零七小隊，接聽的正是大帥，張玲是也。」

「哎……」聽到這串長長的名號，我突然有點反應不過來，呆了一會才又說道：「我是盛遠，這裡沒人了。」

「好的，現在移交蜘蛛指揮。」

不一會，另一道聲音由耳機傳入我的耳中：「稱讚，盛遠做得好！」

「我現在就在你們把我送來的地方，沒有動過。」

「點頭，那你現在往你的左手邊第二個房間，寫著儲物室的地方走去。」

「好的。」說著的同時，我穿過了一堆堆像是攔阻別人行動為己任的作業和本子。這些教師真是太懶了，都把東西亂放堵住通道，平常他們到底是怎麼走過去的？

我來到了這個寫著「儲物室」三個大字的房間。

「到了，不過房間鎖上了。」

「自信，在大帥之前給你的三把鑰匙中，最小的那一把就是用來開啟這個房間的。」

「哦哦……」我馬上從口袋裡把鑰匙抽了出來，再插進鎖頭之中。

「Bingo!」

「勸告，不要大意。」

「是、是……」我沒太在意地回應道。

「指令，在最左上的櫃子，那裡應該會放著三個年級的國文科、英文科還有數學科的考卷和答案，每一種用手機拍一份之後再放回原處。」

照著蜘蛛的話，我在那個櫃子裡發現了三份連著答案，上方標示著是本學年的期末考試用的考卷。

「沒問題！」

半個多小時內，我把所有東西拍了一遍才將考卷放回原處，再退出房間，感覺這次的任務比起之前都要簡單。

「接下來要把武士王帶走嗎？」我看著已經拆成一件件的武士王裝甲……有一點不得不說，李靜雖然很暴力，可是手工的確很厲害。這根本就是把幾個合體位置完全重現 Ultimate Fusion 終結融合！

「不用帶出來。」再次由張玲接回指揮權，她對我命令道：「把它裝回機械人的樣子就行了。」

「不是機械人，是武士王！」

「知道了，武士王嘛——」

「嗯……」

話說我還真是矛盾，明明一開始還很排斥cosplay，現在卻有點想要把它帶回家的想法。

不過我可以拜託李靜幫我再造一個……唔，如果用受傷的頭來拜託，她應該會幫我吧？

就跟她這樣說：我覺得自己得了沒有武士王 cosplay 裝甲就會頭痛到抓狂的病什麼的……

哈哈……這也許會成功，等等……

如果改一下，變成——

我覺得自己得了如果不揉女生胸部就會頭痛到抓狂的病什麼的……

不，我明明是個思想健全的高中男生，怎可以想這麼不健全又邪惡的事情！

在我胡思亂想的時候，已經不自覺地把武士王重新拼回成一個機械人的狀態，向張玲說道：「拼好了。現在可以離開了嗎？」

「哈，是啊！」張玲笑了一聲之後，又說道：「來後門……還有，你剛才自言自語的內容我都聽到了哦！」

欸——？

「揉胸啊、頭痛啊——嘿、嘿、嘿！」

「等等！那些不是我的真心話！」

「放心，只有我一個聽到而已、就只有我一個哦！」

就是只有她一個人聽到我才害怕……我彷彿看到張玲的頭上長出了兩隻惡魔的角，以及背後的一條惡魔尾巴。

在擔心、害怕和糾結的情緒下，我到後門跟他們四個會合。

「現在要整理好這些資料，有人自動捐出自己的家作為臨時作戰本部嗎？」張玲望著我們問道。

「我家不行，叔叔今天在家的說。」

「搖頭，我也是。」

正當我想跟著潮流搖頭反對時，張玲的嘴角突然動了動，向我做出一個「頭痛、揉胸」的口型。

可惡啊……這傢伙！

「來我、我家吧……」我含著淚舉手道。

一旁的李靜衝口而出道：「沒錯，盛遠的家人都去了旅行的說！」

「啊？」官冰蕙微張著嘴巴，轉過頭，臉色不善地瞪著我，喝問道：「為什麼不告訴我、我……我們？」

「大驚，真的嗎？」

張玲用著不容我反對的目光，給了我大姆指，「既然盛遠那麼盛情，本大帥就決定了，出發吧！」

明明就是妳威逼我！

回到家裡——

「這邊有電視遊戲機可以玩哦！」李靜就像主人一樣，把我家裡的東西都介紹了一遍。

不得不說，這個時候我真希望媽媽他們可以快點回來，因為我已經受夠了李靜在我家裡自稱是照顧我，實際是在搞亂我平靜的日常生活。

然而，李靜馬上就受到官冰蕙的訓斥：「為什麼妳會這麼熟識……不對，來這裡不是要整理答案的嗎？不要給我玩……哇啦——不要——」

張玲馬上把官冰蕙拖去玩。

……我早就知道會發生這樣的事，張玲本來就是想找個地方玩而已。

接下來，我們在快要天亮的時候，才記起本來要完成事情，帶著昏迷似的睡意，快速地把所有的東西整理了一次，然後一起上學去。

話說這還是我第一次跟那麼多人一起上學，而且……

我好像忘了一件很重要的事沒有向他們報告。

「今天還有不同的科目要得到，同樣是利用木馬遠進攻！」張玲頂著兩個黑眼圈，氣勢十足地放話。

「誰是木馬遠啊！」

張玲無視了我的吐槽，「不過，因為武士王不能再用，所以今天改用紙箱！」

這傢伙大概忘記了之前自己說過的話：什麼紙箱真是不適合戰爭本部的風格，什麼一點也不拉風之類……

「木馬遠！」

「……是？」

「自言自語的話我都聽到了哦！」張玲冷哼了一聲，臉上的表情十分可怕。

「對、對對不起，我知道是因為經費的關係……哈哈……」她現在的表情讓我想起了那天的官冰蕙。

張玲指著一個到我腰間的箱子，示意道：「把自己團成一個圓，然後滾進去！」

這和昨天真是極的大差別，明明昨天有官冰蕙專人幫我穿，今天就只能我自己滾進去。

「有看到那些小機關嗎？是用來緊急逃跑用的說。」負責製作這個箱子的李靜對我說。

「嗯。」我不耐煩地應了一聲，但還是有把她的解說聽完。

就像昨天那樣由李靜把我抬上了手推車……話說，之後搬家一定要找李靜來幫忙，這怪力實在太強大！

再來是將我運到教師大樓去。

「這個是學生會要放在這裡的嗎？」

在箱子的通風口，傳來張玲對那人的回應：「是啊。」

「放在這邊吧！」

今天要偷取的是另外科目的考卷，只要完成今天的任務，那麼所有科目的考卷就到手了，接下來就差把考卷的答案分發出去的方式和安排。

等，寂寞到夜深……

在張玲和李靜把我放下後不久，紙箱裡的我就聽到了一道十分不和諧的聲音——

「張鉚你來得正好，請問這是你們學生會送來的東西嗎？」

這一刻，我終於想起忘記了向張玲報告的事。

昨天因為武士王的超強魅力以及老師們有點熱烈的反應，所以才讓我逃過了被抓的命運。可是，今天的我卻是個完全沒有看頭的紙箱！

我竟然忘了把這麼重要的情報告訴張玲，讓大家再用同一個謊言企圖騙過已經起了疑心的敵人……

「金老師，我沒有下過這樣的指示。」

……我真是愚蠢到了極點。

「欸？」

這個時候，兩人的對話稍稍停頓了一下。接著，學生會會長又重申了一次：「我沒有吩咐過任何人把東西放到這裡，是其他人嗎？」

「是、是嗎？」

本來還有僥倖心態的我，汗毛全都直豎了起來。

今天……似乎……真的隱瞞不下去了……

屬於學生會會長的聲音像刺刀一樣，再次刺入我的耳中：「是一群女生運過來的嗎？」

「就是一個雙馬尾髮型的女生，加上一個留及肩髮型的女生……她們不是學生會的書記和財務嗎？」

我深吸了一口氣……

木馬遠，冷靜下來！

現在可以進行的行動只有三個：一是像昨天一樣按兵不動，讓學生會會長自行退場；另一個就是發動機關，馬上逃跑；三是我跳出來自首、認罪。

「啊哈……雙馬尾？是一長一短的嗎？」

「對對，就是那樣！」

學生會會長笑了一聲，然後——

啪的一聲，他用力拍了一下我所在的箱子，「雖然學生會之中也有留這兩種髮型的人，但不是她們。」

這傢伙已經知道了……

第一選項被防禦零化，不過我手上沒有天之奇蹟，而且還未到出ＳＰ卡（注：《召喚王》卡牌之一）

的時候，所以現在是第二和第三選項之間選擇！

「張鉚？」

「沒什麼，金老師你想知道放在裡頭的是什麼嗎？」

「哦？」

死定了……

「推手推車的是張玲和李靜……」說著的同時，某人的手指敲在紙箱上，發出了「嘀登」的聲音，「官冰蕙不會親自衝鋒陷陣，所以如果這個箱子裡有人，那就只能是蜘蛛了。」

為、為什麼學生會會長對我們戰爭本部這麼了解？

「是不是啊？蜘蛛妳自己出來好嗎？」

學生會會長張鉚的聲音再次傳入我的耳中。

可惜……

他錯了，在木馬裡的並不是蜘蛛！

這說明他不知道我存在，反過來說，只要我可以逃脫，同時蜘蛛又有不在場證明的話，那我就不會被他們找出來。

「你說這東西是那個麻煩部搞出來的？」名為金老師的男人語氣聽起來似乎十分不爽。

「是啊，就是我那個妹妹做的蠢事。」

妹妹……

學生會會長張鉚到底是誰的哥哥？

張玲？不對，應該是軍師的哥哥，因為他的後宮學生會一直在找軍師的麻煩。

「只數三聲，再不出來就別怪我不客氣了！」來自學生會會長的最後通牒。

我今天是凶多吉少了，但內心已經不再掙扎，現在就算不用排除法，我都知道應該要做什麼！

無法在事後找到我，那我才不會那麼輕易束手就擒！

再加上我身上這個不是普通的箱子，而是具有變身能力，由李靜加工特製的超級箱子！

「三！」

「二……」

「變──身！」我拉開小機關，大喝一聲。

由紙箱裡穿出了雙手──機體組裝、完成！

雖然前方還看不見東西，但不用怕！

「喝！」

用手指，瞬間在紙箱前挖出一個洞──前方視野、完成！

再由紙箱裡伸出雙腳，變成可自由移動的木馬──紙箱木馬的奔馳模式、完成！

「鏗」的一聲，我在這裡加入效果音——控制者江盛遠、出擊！

「哈哈哈——」

我大笑數聲，望了一眼似是嚇呆了的中分頭張鉚和地中海髮型的訓導主任金老師。不再多說，我馬上逃跑！

為什麼不放狠話？

會在這個時候放話的都是笨蛋，所以逃走才是上上策。

「站住！」

雖然之前見過學生會會長兩次，不過到現在才發現，原來他有點矮，只比幼女體型的李靜高，如果是跟張玲、官冰蕙三人平排而站的話，應該是同樣高度。但重點還是那張俊俏的臉，以及中分髮型。

「別讓他跑了！」訓導主任金老師大叫。

「紙箱人給我停下！」

聽著身後傳來的叫聲，我本能地回了一句：「會站住才怪！」

走出這間位於三樓的教師辦公室後，門外是走廊，走廊盡頭是通往下層的樓梯，一路上並沒有什麼彎彎曲曲的小道可以利用來擺脫他們，因此現在是比拚腳力的時間。

現在的情況對我說，並不太好……

不管了！先往下一層跑去，這種突發事件根本不能指望張玲可以來拯救我，只能走一步算一步。

幾分鐘之後——

「站住……」

這一聲「站住」聽起來有點有氣無力，訓導主任大概已經力盡，不過以他的年紀來說還真是有毅力！

「站住！」

這一聲明顯比較年輕力壯，一聽就知道是張鉚所發出的。

雖然我頂著一個箱子，但並不代表我跑得慢。因為我曾經歷過不少次極為可怕的訓練，逃跑由本來的技能漸漸變成專長，最後進化成現在的本能！

「你不是蜘蛛！」

身後的學生會會長、名為張鉚的後宮之主，彷彿我偷了他的武士王手辦一樣，對我窮追不捨。

話說，將逃跑變成了本能的我應該自豪還是感到悲哀好呢？

可是……別忘記我頭部和上半身都套著一個紙箱，下身又是男女通用的運動長褲，這時候就算是我媽看到我，也絕對不可能認出來，更何況是只見過我一面的學生會會長？

「紙箱人！」

重點是我媽現在仍在北國的雪地和我爸玩雪，這裡已經沒有人可以認出我來！這時的我，完全沒有死角！

……但只要我一想起那三個傢伙可以出國這件事，不爽的感覺油然而生。要不是因為我的護照過期了，不然我應該也一起去玩雪，而不是在這裡套個紙箱在上身狂奔。

「你別跑——」

跑到二樓後，往窗外看去，操場上還有在練球的籃球隊隊員以及一些學生。大概距離五點半的放學時間還有一段不短的時間，要是就這樣逃出教師大樓的話，我一定會被別人大肆討論。

「站住！」

學生會會長張鉚和一些其他不知道是誰的學生、以及被驚動的老師，仍在努力地追趕著我。紙箱人的暴露似乎已經變得無可避免。我深吸了一口氣，穿過最後一道樓梯，來到操場上……

還記得張玲的話——**既然無法隱藏，那就唯有成為傳說！**

「那是什麼？紙箱人嗎？」

「聖誕前夕的特別節目嗎？」

「恥度甚高。」

這個詭異的裝扮馬上引起所有人的注意，還好他們只看得見我的眼睛，看不到臉，所以絕對不知道我是誰！

現在我所面對的問題是：接下來該怎麼辦？

回去實驗室？

不，這個想法馬上被我否定。因為看似熟悉戰爭本部的張鉚，一定會到實驗室查看。現在我似乎沒有選擇的權利，唯一可行的選擇就是逃出學校。

「不要跑！」張鉚也同樣追了出來。

但是……

以我現在這個樣子到外面的話，總有一種「被帶到警局也絕對不會意外」的感覺。

「哇——是張鉚！」

「鉚王子——！」

「果然是學生會的特別節目！」

我在心裡嘆了口氣，這是什麼差別待遇！

「站住！」

自己一個被抓，總比連累所有隊員一起被抓好，因為我是個有情有義、思想健全的正直男高中生！武士王也曾經說過，團隊的勝利比個人的榮辱更加重要！

一念及此，本來往教學樓走去的腳步，立即往學校門口跑去，同時對身後的張鉚和其他不知道為什麼在追趕我的人嘲諷：「我就是紙箱怪人，能抓到我的人都不存在！」

這是由官冰蕙身上習得的嘲諷技能。

可惜，我馬上就後悔了，因為得罪後宮主，後果不堪設想……

「殺了他！」

「這傢伙反了！」

「替王子報仇！」

——本來只在看戲的女生，馬上變成女暴徒，從四方八面向我衝過來。

雙馬尾髮型的徐詩，手執一根掃帚攔在校門中間，就像是有著「絕不將我放走」的覺悟，吼道：「大膽狂徒！」

她果然有暴力解決問題的傾向。

「我不會讓你過去的！」

本來明明應該是有絕對優勢的木馬屠城，為什麼會變成超熱血的過五關斬六將！

我望著前方門口漸漸聚集起來的人群，前路和後路都被封住……

「那又如何！」

嘴上一點也不在乎，但經過李靜和戰爭本部的洗禮後，我發現絕對不可以小看女生，尤其是在力氣這一方面。

「你這傢伙！」徐詩咬牙切齒地叫道。

當然，人有時力窮，說完漂亮話後也是時候要面對現實──在一群面前被施加了狂暴魔法的女生，以及後宮主的當前，僅有紙箱作伴的我，只剩下投降這一途徑而已。

我舉起雙手，腳步漸漸慢了下來，最後停在徐詩的十公尺開外，說道：「我投降……」

「那就束手就擒──」

突然間，校園內響起了一句話：「紙──箱──怪──人！」

誰？

「你甘心嗎？」彷彿是喚醒怪人巨大化的聲音，由學校的廣播器中傳了出來。

這、這是？

「紙箱怪人，不，各位沒有後宮、只在看戲的處男們，你們就那樣甘心了嗎？」

這……這是來自戰爭本部的支援？

我認識這聲音的主人，她正是張玲。

「你們就這樣冷眼看著紙箱怪人、也就是你們的宅男同伴，在反抗後宮主的路上失敗被俘嗎？」

等等……不要說得我好像很可憐，我才不是那麼可憐的人！

「你們和紙箱怪人都一樣！」張玲激昂地叫道：「如果這個世界沒有反抗的紙箱怪人，所有女生都會被那個可惡又邪惡、寫作張銣讀作後宮主的學生會會長霸占！」

話說，連我都不知道原來自己那麼偉大……

「到時候連一個女生都不會留下，那胸部、那嘴唇、那小手——你們一輩子都無法再接觸到！這個卑鄙的後宮主，甚至會將他的後宮計畫延伸到整個世界！」

張玲那聲音激昂、幾乎沒有停歇，一直在大氣中傳播、反問著：「你們就不想要牽手嗎？不想要接吻嗎？不想要揉胸嗎？你們這群懦弱的處男！」

不自覺地身同感受……

但是這話真的可以在廣播中說出來嗎？

我看了一眼本來冷眼旁觀的男生，他們不知不覺間變得熱淚盈眶。

「想要有女朋友的話，那就舉起反抗的旗幟！幫助你們的領袖，因為就只有他——紙箱怪人——可以打敗萬惡的後宮主！」

不只是本來看戲的男生，就連那群女生都靜了下來。

然後——

「來這邊，紙箱怪人！」

「我來幫你攔著她們！」

「請一定要讓革命的火種延續下去！」

張玲利用了一群單純的少男。當然，其中也包括我。

沒錯，我也不例外地受到氣氛感動，振臂高呼道：「我會的！各位，我紙箱怪人一定會在這革命的路上走下去！」

混戰、逃跑、火球、爆炸、效果音……

那一天，多蘭高中的單純男生們，終於回想起了……對後宮主的憤怒！

「保重……哇——」

最後，我藉由那群被煽動起來的男生幫助，逃出學校，成為一個新的傳說。甚至有人認為紙箱怪人最後穿越到神界，破碎了虛空，飛昇成反後宮之神。

不過……

那些都不對，因為這一天的事情還沒有結束，就在幾個小時之後——

看著前方一臉嚴肅的大叔，我接過已經打通的電話，向另一邊的人問道：「請、請問是張玲嗎？」

「盛遠你在哪？我們在你家門前等著開檢討會議，快回來！」

「那個……」

「有話就快說。」

「是……」我向旁邊的警察叔叔點了點頭，尷尬地說道：「可以來警局救我嗎？」

「欸——？」

我帶著哭音說道：「來、來保釋我可以嗎……」

「唔……」

這思考期間，對她來說大概過了一分鐘，對我來說應該是過了一世紀。

「哪處的？」

「內山區。」

——這才是紙箱怪人的真正下場！

▼ Chapter.7 ▼

回爐再造的百變盛遠！

「盛子！」

我嘴角微微抽了一下，看著前方拿著一個袋子的張鉚。

「怒視，盛子不會接受你的，快走！」蜘蛛像是在保護我般，把我拉到他的身後衝張鉚喝道。

「哦哦？」張鉚歪了歪頭，向還是盛子的我問道：「是這樣嗎？」

這種事已經發生不只一次，都是在女僕速食店下班後，張鉚一個人站在路邊等身為盛子的我下班。

「冷笑，不好意思，盛子不喜歡花花公子的。」

正確點來說，盛子不喜歡男生哦！

張鉚無視了蜘蛛，把手中的袋子遞到我前方，這時的他像個熱切的追求者，更多於一個花花公子，「這是為盛子買的禮物，我排隊了整個下午才買到的餅乾。」

「切——這就算是心意？」

蜘蛛口中很不屑，手卻很老實地接了過去……

在昨天發生同樣的事情時，我還以為蜘蛛會把東西一掌拍開。可是蜘蛛在事後卻對我說：「自信，不吃白不吃，吃進自己的肚子也不要資敵。」

張鉚回了一個如清風一樣爽朗的笑容，輕輕向我揮了揮手，「手機號碼在餅乾裡，要聯絡我哦！

「反彈，絕對不會！」

我也向張鉚揮了揮手，「再、再見。」

本來我是半點也不想向他揮手，只是蜘蛛教導要用釣魚技巧，讓張鉚以為我是被蜘蛛阻礙才無法跟他聯繫，讓張鉚自以為有希望，最後一直把貢品上貢給我們。

話說，戰爭本部出來的，果然都不是好人……

「請求，盛遠我可以吃一點嗎？」

「沒關係，反正他是給盛子的，哈哈……」施展一天愛心魔法的我，已經身心俱疲。

打工的這段時間，讓我漸漸學會要怎麼化妝成一個可愛的女生。不得不說，蜘蛛的偽裝、喬裝完全是神一般的技術！

至於為什麼我會再次到女僕速食店打工？

時間回到我從警局回家的那一天……

「知道把你救回來花了多少錢嗎？」張玲對著我不滿地怒吼。

我正坐在自己家的客廳裡，就像個做錯事的家臣一樣，低頭道：「可是、那錢不是因為我沒被起訴而還了回來嗎？」

「還敢反駁！」官冰蕙用力地拍了下我家的桌子，「就算是那樣，我們也一樣有付出過，而且重點不是金錢，是心靈上的損失！」

「可、可是——」

「沒有可是！」張玲把我接下來的話都封阻了。

連平常不會在這方面表達意見的蜘蛛也說道：「點頭，我們可是被懷疑成變態的朋友。」

同一時間，李靜表示贊同般點頭，「要是婚……以後要經常從警局接你出來，就算是姐姐我也會有點難為情的說。」

這些傢伙的話實在是太傷人了，明明就不是我的錯！

「那計畫不是由官冰蕙設計的嗎？我才是受害者，我才是最受傷的那一個！」我無理地抗辯。

「可是盛遠……」張玲單手輕拍著我的肩膀，用溺死於悲傷之浪的悲慘語氣說道：「無法完成任務的是你哦。」

「這個……」我的腦子飛快地轉著，反駁道：「這的確是我錯，但借用學生會的名字不正是種下敗筆的本源嗎？」

「可是盛遠……」張玲的另一隻手放到我另一邊的肩膀，再次用悲傷的語氣說道：「沒有把最新的情報告訴我們，也是你哦。」

「這……這……」我發現自己在說話的技巧上，根本不能跟張玲相比，再怎麼說下去都只會被她說服，因此我求助般的望向李靜。

可惜，一向樂於助人的她，馬上移開視線。

蜘蛛？他閉上眼睛，裝作看不見。

官冰蕙……唔……這個就算了。

「對自己犯過的錯負起責任吧！」張玲突然化身成熱血角色，放開我的肩膀，用力地握拳道：「武士王不是有說過『寫作承認，讀作勝利』嗎？」

太狡猾了，竟然利用武士王？

我結結巴巴地說道：「是、是的……」

「來！跟本大帥唸一次——寫作承認！」

「寫……寫作承認……」

可惡！

大腦明明清楚明白是被她迷惑，可是心裡說不……為什麼……為什麼我的身體卻那麼老實，變得如此感動！

「再跟我說一次……」

接著我跟著張玲說了幾遍後就屈服了，擦了一下不自覺流出來的淚水後，我重重地點頭道：「知道了，我會負起這次失敗的責任！」

然後？

就變成現在這個狀況：被勒令接受變裝臨時應變訓練，再次外出打工，把戰爭本部經費再次賺回來的任務。

因為蜘蛛強烈的建議，我再次得到所謂最適合、又可以訓練自己的工作——進入女僕速食連鎖店工作。

話說回來，正常人經過一次失敗，大多都會先休息重整。戰爭本部這群好戰的傢伙，明顯是不可能讓任務就這樣完結，那不合乎他們的原則，所以在聖誕節後、期末考前，可以肯定我們將會再次出動。

下一步的計畫，正在部署中……原因是張玲正在北國旅行。

「歐尼醬～～～」

在我拉開門的一瞬間，慣性地欠了欠身，讓飛撲出來的弟弟摔了一個跟頭，把剛剛的餅乾丟了給喜歡吃甜食的他，再關上門。

啪啪啪的幾聲叩門聲，還有弟弟的求救聲傳來：「開門啊——不要把我鎖在外面——歐尼醬！」

「給我一邊吃餅乾一邊冷靜吧！」

我輕呼了一口氣，這只是第一個難關，接下來還有程度二的魔王存在。

「小靜先清下層的怪，之後跟著我到中庭！」

「了解的說！」

在客廳之中，還有兩個已經沉迷電腦線上遊戲的傢伙，其中一個是我媽媽，另一個則是最近常常來我家的長短雙馬尾女生李靜。

「今天你爸說要在外面吃，等——小靜……不對！這裡讓媽媽來——吃我一記旋風炮吧笨豬！」

「媽媽很厲害的說！」

感覺這個頹廢媽媽已經把李靜當成女兒來養了……

嘆了口氣，我拿起電話，正想要撥到家庭餐廳的時候——

「盛遠訂五個位置，小靜也要一起去！」

我嘴角抽搐了一下，「哦。」

「麻煩了的說。」

媽媽嘿嘿地笑了一聲，摸了一下李靜的頭髮，說道：「有事就拜託盛遠吧，男生就是用來拜託的，一點也不會麻煩！」

「是、是的說？」

我是萬事屋職員嗎？我是禮賓部的禮賓師嗎？不要以為我是萬能的好嗎！可惡！

但是，這樣的情境已經變成我的日常，要是不知道的人一定會以為她們真的是一對母女。看到這個情況，讓我有點妒嫉了啊！

弟弟這時到哪去了？快來向媽媽撒嬌，讓她倒回我們兄弟這方……

「歐尼醬——！」

呃，我忘記了，他還在門外。

◆◎◆※◆※◆◎◆

「小靜，這是叔叔給妳的禮物。」

看著李靜抱著幾乎跟她等身高的巨大禮物盒，再對比我和女裝弟弟手上的用信封裝著的五十元圖書禮卷……

白痴老爸，這差別太大了！

「是一比一的吐血龍娃娃，喜歡嗎？」

李靜點了點頭，「喜歡的說！」

你們這對可惡父母到底是想怎樣，明明我們才是你的兒子！

「姐姐大人～～」

現在連那個叫我歐尼醬的弟弟都變節了。

到底這個幼女體型、長短雙馬尾髮型、圓臉的李靜有什麼魔力？居然讓我的家人都變成她的奴隸了……

母：「來，吃多點才會長高哦！」

父：「小靜家裡有兄弟嗎？」

李靜像受驚地小白兔一樣，一驚一乍地說道：「沒、沒有的說……」

父：「來，這個要吃完哦！」

母：「小靜喜歡小孩子嗎？」

李靜愣了一下，紅著臉點頭道：「……喜歡的說。」

母：「別吃太快，小心噎著。」

父：「小靜結婚之後會想和公婆一起住嗎？」

李靜因為口裡吃著東西，只能發出了模糊不清的聲音：「嗯……」

連我都聽得快要發瘋了，這兩個傢伙到底是想要問些什麼啊！

大概三個小時之後，這場名叫聖誕晚餐會，但實際是李靜個人了解大會終於告一段落。

主角？當然就是李靜，她可是收到巨大得幾乎和她等身高的禮物，不過卻是由我來拿……這什麼跟什麼！

就算我是個思想健全又正直的男高中生，這時都有點微怒了，到底我是他們的兒子，還是她是他們的女兒！

「盛遠，將小靜送回家知道嗎？」

「啊呀……知道了。」我撇了撇嘴，不爽地說道。

說完之後他們三人就先離開。明明就是同一個社區，真是讓人摸不著頭腦的父母。

「伯母和伯父都是好人，妹妹也很可愛的說。」

我輕笑了一聲，那個是弟弟。不過我完全沒有想要糾正她的想法，訕訕地說道：「他們很奇怪才對吧？」

「沒有的說……」

「沒有嗎？」我搖了搖頭，這傢伙接觸他們太少了，所以不能作準。

「我也想要兄弟姐妹的說……」李靜的聲音聽起來顯得有點寂寞。

感覺勾起了她的情緒，因此我試圖轉移話題問道：「話說張鉚是誰的哥哥？為什麼會這麼了解我們戰爭本部？」

「嗯？」她先是歪了一下頭，看著我，似乎很驚訝我是怎麼知道。

我追問：「是有什麼原因嗎？」

李靜嘟起嘴，有點為難地說道：「那個、那個……張鉚和張玲其實是雙胞胎。張鉚是哥哥，而張玲是妹妹。」

「哦……」雖然已經知道她們其中一人是妹妹，可是卻沒有想到竟然會是張玲。不得不說，兩人都是俊男美女，但他們一點也不像，本來我還以為會是官冰蕙。

「嗯，大帥和軍師在高一時，都是學生會的一員，因發生了某件事，大帥離開學生會，然後就加入了當時群龍無首的戰爭本部。」

「是、是嗎？」

官冰蕙曾是學生會成員這一點，我完全不感到驚訝和懷疑，因為她的氣場跟張鉚以及其他學生會成員很相似，都是一副很有計畫和組織的樣子，完全不像李靜亂來。

「是什麼事？為什麼戰爭本部會群龍無首？還有妳和蜘蛛又是怎麼加入的？」

她搖了搖頭，搪塞道：「……發生過很多事的說。」

「因為張鉚是花花公子惹她們生氣？」

「不是的說……」李靜有點不知所措似的搔著頭，苦惱的說道：「那件事也不是什麼大事，就是六代目大帥、上代軍師還有各組主要人員，因為參加了大型鬥毆而大過滿載，被勒令退學。」

我點了點頭，「當時戰爭本部的人員很多嗎？」

「很多的說！」李靜似乎有點興奮地扳著手指，一一介紹道：「MI6的職位還是蜘蛛的師父，而姐姐呢，也不過是小卒呢……嘻嘻。」

其實我完全不知道馬前卒跟小卒的分別在哪……

「然後呢、然後呢，那時我們試過發起靜坐，又試過用投訴信塞滿學生會的信箱，真的很有趣哦！」

「那……為什麼會發生鬥毆事件？」

李靜愣了一下，別過頭，「姐姐不知道可不可以告訴你的說。」

「是關於張玲和官冰蕙？」

「是的說……」

「哦，既然跟她們有關，我還是問她們本人好了。」

「……嗯。」李靜為難地點了點頭，似乎對於不能解答我的疑問而心情變得不太好。

我摸了一下李靜的頭，「真的沒關係，我也不是一定要知道，只是想要了解一下之前的戰爭本部。」

李靜傻笑著，「嘻嘻……」

接下來，我和她又聊一些有的沒的，把她送回那個只距離我家三層樓的住宅，就回到自己的家。

「盛遠過來。」

回家後，媽媽一改之前只蹲在電腦前的頹廢作風，正襟危坐，旁邊還有很難得沒在看動畫的爸爸。

「怎、怎了？」我緊張起來。

媽媽向我點點頭，拍了一下旁邊空出來的位置，「坐到這裡。」

這個認真想要說教的樣子，我大概有五年以上沒看到過。

我再次感覺到壓力，退了一步問道：「到、到底怎樣了？」

「那個——」爸爸站了起來，輕輕按住我的肩膀，眼角彷彿有淚光的說道：「你終於不再中二了。」

這……什麼？

媽媽變得感動似的，擦著眼角，「對啊孩子的爸！」

這兩個人到底在說什麼！

「等等，你們在說什麼？」

「爸爸明白的，這些事還是關上房門說的好。」爸爸一邊說著意義不明的話，一邊把我拉到他們兩人的房間去。

我回頭看了一眼，半開著房門、只露出眼睛的弟弟……

我利用多年訓練出來的口型問話：花生省魔術？

他眨了一下水汪汪的大眼，一副「我才不告訴你，每天都把我丟在門外吹風，太可惡了」的樣子。

這弟弟……

卡的一聲關上了門，接著我坐到化妝檯的椅子上，面對十分奇怪的父母。

「那個、那個……盛遠。」爸爸有點難為情似的搔了一下臉。

「怎麼了？」

他沒有說下去，像是向媽媽求助一樣望向她……

喂喂，我不是怪物吧，為什麼一臉在面對怪物的樣子？

媽媽猶豫了一會，馬上接過了話題，對著混雜著疑問視線的我說道：「由媽媽來說吧！」

「是！」

「年輕人有時會很衝動，對不對？」

難道他們知道我在學校的事？不可能，警告的通知單，我都趁媽媽在通關地下城的時候給她，所以絕對不可能發現！

那……難道是老師打電話給爸爸？

「嗯……」我遲疑了一會，才點頭道。

「因此……嘛……有些事，爸媽覺得要先……那個……先教導你一下，是不是？孩子的爸──」

爸爸點頭道：「沒錯……」

氣氛開始變得十分不對勁，似乎並不是關於警告的問題。

「媽媽是很開明的！」

這個我知道……

「爸爸也是！」

這我也知道……

說著這話的同時，媽媽轉身從櫃子裡找出了一個盒子，交到我的手中，「不、不過就算衝動的時候，都要做安全措施！」

他們明明在說中文，可是為什麼我一句話也沒有聽明白？

……等等！

我看了一眼手上的東西……

「這什麼啊——這盒子是保險套吧！」

「至於……如果可以的話，媽媽覺得高中畢業之後再來考慮結婚的事。」

「沒有用——」我猛搖著頭。

「爸媽都知道你沒有用，所以才給你！」爸爸一臉認真地對我說道：「我們知道去旅行的這幾天，小靜都在我們家住的事。」

他們兩人的誤會很大！

「事情不是你們想的那樣！」

「難道有更多女生？」爸爸急忙問道。

媽媽臉上不滿，可是嘴角似乎在笑，「媽媽不贊成你當個風流的男生哦！」

「只、只有李靜住在家——」

「那就好了，專一比較好。」爸爸訕訕地說道。

「其實多幾個選擇也好，媽媽覺得你還很年輕嘛……不過媽媽喜歡小靜！」

「我、她在這裡住的……不是你們想——」

就在我想解釋時，媽媽擺出一副「我很精明請誇獎我」的表情，又再自我腦補：「豐遠的睡衣有幾件被穿過的事，就算你不說，我們還是可以猜到的。」

「那是因為她沒帶鑰匙——」

「如果你們想要早點結婚，媽覺得如果是小靜的話，其實無所謂……不過最好還是大學之後……嗯，她是個好孩子，媽媽很喜歡。」

「我真的——」

「沒錯，別那麼早要孩子，年輕的時候多點時間留給二人世界會好很多……其實爸也覺得這女孩不錯！」

好吧，這兩個傢伙已經沒救了……

我也不自覺把他們由父母降格成傢伙了。

最後——

「東西用完可以到這裡拿，我們會放一些在這裡，你們都……那個雖然年紀很小，不過媽媽理解人總有衝動的時候，豐遠又不喜歡女生，之前還想著要不要介紹女孩給你，想不到盛遠真是能幹，哈哈！江家的未來就靠你了！不過還是……那個嘛，最重要是安全！」媽媽給了我一個大姆指，「放心，爸和媽都是很開明的。」

我拍了一下額頭……

真的沒救了，這兩個傢伙。

在天國的母親請原諒他們這對笨蛋吧！

然後……

然後，這個聖誕節假期就在爸媽每天瞎操心、瞎興奮，以及在女僕速食店中兼職度過。不得不說，這段短時間女僕生涯讓我成功賺到了不少的錢……對，是作為社團經費的金錢。

而且——

「餅乾是盛遠在兼職的店帶出來……這怪物讓媽媽來！」媽媽一邊吃著餅乾，一邊在遊戲裡戰鬥。

「好吃的說……啊，聖劍終於打出來的說！」李靜一邊控制著遊戲裡的人物，一邊吃著餅乾道。

看著她們像母女一樣，吃著張鉚上貢給盛子，再由我上貢給媽媽，然後媽媽給了李靜的餅乾，感覺……

太可惡了，我在家裡食物鏈中的地位竟然比不上李靜，太不甘心了！

▼ Chapter.8 ▼

次陣、吾乃武士王！

「好久不見了哦！」張玲熱情地對我們打著招呼。

「是的說……」

「擁抱，張玲。」

張玲在這個假期去了外國旅行，所以戰爭本部的集會在聖誕節沒有舉行過。雖然很想知道為什麼在聖誕節時還可以看到張鉚出現在我面前，但是我知趣地沒有問。

今天是放假後回校的第一天，我們不約而同齊集在實驗室裡，討論那沒有完成的任務。

官冰蕙還是一貫地認真：「廢話別多說了，我們時間不多——」

「等——等！」

突然間，張玲飛撲向正在認真說話的官冰蕙身上，接著她的手更十分不健全地放在官冰蕙的胸部上，邊揉邊叫道：「哇哦哦——久違了的——哦哦——好像大了不少哦！」

「唔——不要——！」

我強忍著鼻子沒有流出鼻血……

不過……真是……感謝主，還有在天國的母親，讓我第一天回到學校就看到了這麼美好的畫面。

「哇啊啊——！」

正當我努力想要把這個畫面記住時，腰間的軟肉突然被捏住，受到了可怕的持續攻擊。

李靜加重手上的力道，警告道：「不可以看的說！」

我拚命地點頭。

「真的不看——」

「不要揉——」

實驗室在這幾分鐘裡，都是我和官冰蕙之間的慘叫……

當張玲鬧夠了之後，我受到的攻擊才停止下來，這時的我，感覺腰部已經不屬於自己的一樣。

「咳咳。」官冰蕙站到白板前，輕輕拍了一下桌子，彷彿要洗去剛才那個軟弱的形象般，嚴肅地說道：「相信大家都知道！」

官冰蕙臉上的潮紅還沒有退散，就像那天一樣……那天……唔……現在不是想這些事的時候！

「今天早會上，學生會已經做出應對，提出有關進入教師大樓的新措施，在入口處多出一個校工看守，不相關人等要先登記才可以進入教師大樓！」

雖然聽著官冰蕙說話，可是腦裡半點都沒聽進去，因為——我正用心地回想起那柔軟的觸感……

「如果……是這樣的話……那就是……」

「沒錯的說！」

「提問，後門如何？」

「那邊同樣是監察的範圍。」

聽著他們討論，為了回復內心的平靜，我隨便找了些話回應：「話說這措施把漏洞堵上，我們如果還想要進入教師大樓而又不登記，根本沒有可能……」

「哦？」

「那個、可以利用的死角是零吧？」我裝作帥氣地胡扯。

「呵——」

李靜他們全都靜了下來，而我也沒有察覺到不妥，順理成章地說著：「不是說有人守著嗎？那怎可能進去？」

官冰蕙冷冷地笑了一聲，「所以說——你、只、是、笨、蛋！」

這剎那，我回想起，不應該在官冰蕙發言的時候打斷她。經過一個假期，我竟然將沉默是金的格言不小心忘了。

官冰蕙沒有停下來，似是要將整個假期的嘲諷量連續爆發出來——

「我只是隨便想想，都已經有十多個可以利用的地方哦——笨蛋！」

「你的腦子是生鏽了嗎——笨蛋！」

「連豬都比你聰明——笨蛋！」

「有人守著就不知道要找漏洞——笨蛋！」

在我閉口不言的期間，官冰蕙連續噴了二十多句用「笨蛋！」作結的句子……

「盛遠已經快要哭了，說重點吧！」張玲一臉同情地看著我，對官冰蕙說道。

可惡！

「乖，姐姐知道你不是笨蛋的說。」李靜輕輕拍了一下我的背。

被笨蛋安慰不是笨蛋的感覺才最傷人……

「我、我才沒有哭！」我擦了一下眼角的汗，忍住沒有反駁，因為再說下去也不過是加長被嘲諷的時間，所以我絕對不說！

「切。」官冰蕙有點不爽被打斷，撇了撇嘴，道：「既然有笨蛋在，我就用最簡單的方法：將另一人的學生證奪來，假冒那個人，就可以進入教師大樓……」

張玲起鬨：「哦哦喔！」

「不過，這部分是蜘蛛的領域，詳細就不多加干涉，因此我只說重點——我們需要能進入教師大樓的學生身分。」

「自信，這很簡單。」

當然，官冰蕙是不會放過這個可以嘲諷我的機會，半掩著嘴呵呵地笑了一聲，「要是某個笨蛋的話，我就不是那麼信任了哦！」

……忍，這時只要忍耐就好了。

「接下來是我們的新計畫。」

官冰蕙把預備好的計畫書分發到我們的手上，然後——

「什麼新計畫，不過又是木馬而已！」我衝口而出。

……糟糕了！

我轉頭看了一眼，李靜、張玲和蜘蛛都以憐憫的眼神看著我，三人一齊在胸前劃了一個十字架……

一天之內犯同一個錯誤兩次，如果我現在是玩電子遊戲，是不是應該要砍掉重練？

「沒錯，又是木馬，不過這次是新年版。」官冰蕙反常般平靜地說道。

「哦哦……」

沒有嘲諷？

「新年要拜年的說。」

「點頭，新年快到了，木馬的新年呢！」

大家很有默契地為我掩護，果然我們是同一個小隊的。

這一瞬間，我有點感動，正因為這點感動，給了我信心。

儘管人不作死就不會死，可是我已經不想再當一次紙箱怪人了，所以拋開一切，直接頂撞官冰蕙，問出了一句明顯在找抽的話：「之前不是已經失敗過一次了嗎？對方怎可能會再次上當。」

「失敗過一次就不敢面對是懦夫的行為。」

「等等……」

不會因為她不用裝扮成木馬才那樣說吧？

官冰蕙振臂高呼道：「敢於從失敗之中改進，那才是勇者！」

突然間，整個實驗室靜了下來。

雖然她說得有點對，但我就是不想理會，並不是因為忠言逆耳，而是單純的不想聽她說的熱血臺詞而已。

不只我一個，連所有與會的成員都沉默下來。

冷場過了幾分鐘之後——

「繼續、繼續……」張玲做了一個麻煩再說下去的動作。

官冰蕙不滿地撇了撇嘴，板著臉道：「之所以再次執行木馬戰術，是因為對方現在並不清楚我們的真正目的。」

我歪了歪頭，「所以？」

「請翻看第三頁。」

官冰蕙敲了一下白板，黑色的長髮搖晃著，形成了強烈的對比……

不，現在不是留意她的時候。

【作戰2・真：利用假木馬聲東擊西，當對方被假木馬引開注意力之後，真木馬才開始出擊。】

「等等……」

「什麼假的木馬！」

這一瞬間，我那個不祥的感覺像是要應驗一般……

這一刻，所有人都不約而同地看向我。

官冰蕙一擺她柔順的黑長直髮，十分帥氣地指著我，「紙箱怪人・改，或是武士王ver2.0——live or die make your choice！」

雖然官冰蕙說得很帥氣，不過這明顯就是讓我去死的節奏！

我畏畏縮縮地問道：「這……可以不選嗎？」

可惜我馬上就清楚了解，這並不是什麼狗屁選項。

「盛遠！」張玲輕輕拍了一下我的肩膀，「這個世界需要你，遠至地球的未來……近至學校的將來……那些被張鍶困擾著的少女……還有盛子的成長……」

我再次明白自己在中陷阱的情況下，又掉到更深的陷阱中。

我已經沒救了吧？沒救了呢？為什麼總是那麼容易被張玲說服？

「就這樣決定吧！」

「是！」我淚流滿臉，滿腦子熱血地應道。

眾人點頭。

簡單的選角之後，第二次的木馬侵攻——正式展開！

◆◎◆※◆※◆◎◆

三天後，地點是實驗室。

我視線掃過同是戰爭本部的成員，站了起來，輕輕搖頭，從容一笑，「雖千萬人，吾往矣——呀！」

只是這個讓人感動的場景，卻被官冰蕙破壞。

拿著頭盔和其他裝甲部分的她，用力地踢了我一下，罵道：「時間不多，別作怪，給我快點！」

「是是。」

「加油的說。」李靜在我旁邊鼓勵。

我在官冰蕙的幫助下，再次穿上武士王的裝甲。經過李靜的改造和更長時間的準備，「武士王裝甲」得到恍如時空進化那樣飛一般似的超級強化！

由本來由文具店隨便買的紙皮變成硬膠加上布料的複合造料，設計上也不像之前那麼累贅，另一優點就是完美重現武士王的細緻部分，讓裝甲的壽命加長，而且關節的部分用了更輕、更柔軟的物料，更方便跑動。

最重要的還是李靜已經答應我，可以再造一套給我收藏，以補足那個為了武士王復刻版的空位。

「很帥氣的說！」李靜舉起了大姆指。

「是、是嗎？」

李靜毫不猶豫地點頭說道：「不過也要小心的說……」

「哦……是……」

在爸媽的那一番話後，我在面對李靜時總感到有點尷尬，說話變得有點結結巴巴。

「謝——唔——」

「別廢話！」

官冰蕙暴力打斷我的話，把頭盔硬套到我頭上，惡狠狠地說道：「給我上手推車！」

「知、知道了。」

我晃了晃頭，前方的視野和戴上頭盔前沒太大分別，不再是之前那樣什麼都看不到。有點驚訝，因為武士王頭盔在別人眼中看起來是完全密封，但在裡頭的我可以看到前方的事物，這真是太神奇了！

官冰蕙應該是聽到了我的自言自語，展開一貫的嘲諷：「只是利用高中的物理知識，不過笨蛋一定不能理解得來。」

「是、是嗎？」我轉頭向張玲他們。

張玲吹著口哨，不屑地說道：「我並沒有覺得很神奇，一點也不神奇。」

「只是鏡片的說……」李靜助攻。

「點頭，就是鏡片而已。」蜘蛛補刀。

不只蜘蛛和李靜這兩位同樣成績不好的成員，就連張玲也一起跟我們連成了反官冰蕙嘲諷小組。

「切。」官冰蕙別過臉，搖晃著黑色長直髮。

她這生氣時的動作也有點可愛。

第一次聯合的反嘲諷，似乎……好像……真的達成目的。

「好！」張玲拍了拍手，然後手按著手推車，情緒十分高漲地叫囂道：「我也是時候出發了！盛遠記住要拖延長一點的時間，還有別讓對方抓到你。」

「是。」

李靜在我旁邊輕聲說道：「姐姐會幫你的說！」

「沒關係，我自己就可以。」雖說我很感動，不過李靜九成九會幫倒忙。

說罷，張玲就先我們眾人一步離開實驗室，而不用成為木馬的官冰蕙和蜘蛛都喬裝成那兩個被我們得到身分的女生。

「出發吧！」官冰蕙下達指令。

我深吸了一口氣，跟前次一樣在手推車上等待出發。當然，另一個「木馬」就是本部的原行動組成員李靜。

她將自己塞進同樣是出自她手工特製的紙箱裡，比起我上一次用的巨大紙箱，因為她比較矮小，所以紙箱也小了一號。

「一起加油的說！」從另一輛手推車上的紙箱裡，傳來李靜給我的打氣聲。

「嗯！」

話說，這個世界很多時候能夠預計開始，但卻無法預計結局。正如我早就已經預計到等待著我的，很可能是一場可怕而又暴力的戰鬥。

可是……

「又是武士王嗎？」

我無法預計，官冰蕙和蜘蛛將我放下不到五分鐘的時間，學生會會長張鉚和學生會的成員就已經出現，並對我展開包圍這一件事。

這次竟連訓導主任金老師也有指揮作戰……

還好我並不需要偽裝和做出腦內的決擇選項，因此我將要用堂堂正正之師，跟學生會會長張鉚，決一勝負！

「有種就來抓住我啊！笨蛋！」

然後，我與學生會會長、讀作張鉚寫作後宮主的追逐戰再次展開。

「雖然不知道你是不是那個紙箱怪人，但我們一定要把你抓住！」雙馬尾叫作徐詩的暴躁女生衝我大吼道。

雖然張鉚沒有像上次一樣大喝，不過也同樣緊追在我的身後……

明明不久之前還在用餅乾來討好我的他，現在的行動竟然大幅升級，由本來的熱切追求者，變成尾行痴漢。

真是讓人傷心——

才怪！

他不來煩我最好！

應該說，盛子不用出現最高！

由教學樓走到操場，用了大概三分鐘的時間。不過情況並不似我所想像那樣孤立無援，因為這時有一大群男生已經早一步幫我清出逃跑路線。

「謝啦……」我向那些在阻攔追兵的男生問道：「你們是誰？」

「武士王、又名紙箱怪人的小弟！我們、排球隊宅男組、加入戰團！」

嗯？

儘管說話卡卡的，不過總感覺讓人熱血沸騰。

「抵抗後宮主聯盟張玲在廣播中已經表明這次作戰目的，本小組將會盡力配合，請武士王先一步完成緊急任務！」

啊……我明白了。

原來張玲去了廣播室，難怪剛才先一步離開實驗室，那為什麼我在教師大樓卻完全聽不到呢？在我想著這種事的同時，身後、身邊的同伴和敵人也多了起來。

「武士王，我們足球隊後備組來助戰！」

有些人是來幫我逃脫的。

「武士王，你給我停下來！」

有些人是來抓我的。

兩群人並不對等，抓捕我的人跟支持我的人，比例是五比一，我們是勢孤力弱的一群，就像是面對英格蘭統治的蘇格蘭獨立反抗軍。

追隨我的是農兵，而我就是威廉華萊士——勇敢的心！（注：電影《梅爾吉勃遜之英雄本色》）

後方是支援我的同伴——

「我們是正義的一方！打倒後宮主！」

前方是阻擋我的敵人——

「垃圾，我們才是正義！」

學生會也在伸張他們的正義，無數的女生、海量被後宮主奴役的群眾，從四方八面而來。本來的操場成了戰場，烽煙四起。

「抓住武士王！」徐詩還有莎菲娜領著學生會眾，指揮出陣。

「保護武士王，他身上有紙箱怪人的遺志！」不斷出現的同伴，就像在長坂坡的蜀軍，想要護送我離開。

「來這邊，啊——」

「死宅男！」

可是，張鉚手下的後宮群由本來的抓捕我，漸漸地扭曲，重點變成了打倒宅男。

「打倒這些噁心的宅男！」

「打倒一口一個二次元、一口一個現實世界是垃圾遊戲的頹廢主義者！」

「鉚王子最高！」

雖然人不多，可是男生也不甘示弱。

「去死吧現充！」

「開後宮的垃圾把女生還來！」

「我只愛二次元的女生！」

穿著武士王在奔跑著，但我沒有跑出學校，而是不斷在學校裡上跳下竄的到處走動。

「啊呀——」

「永生吧！」

這個場面似乎無法收拾了，因為由我挑起的戰爭已經超過我所能控制的範圍，身邊不斷有人因我而倒下——

戰爭？雖非吾之本願，但正是吾之職責所在……可惡，我也不想的！

「停——下——來！」

徐詩再次出現在我的面前，明顯她也經過了一輪我不知道的激烈戰鬥。這座如同阿爾卑斯山高大的敵人，再一次擋在成就革命的道路上。她手執著恍如暴君之劍的掃帚，臉上異常凶狠，「武、士、王！」

很、很可怕……

「這些小咖由我們來就行了！」不具名的男生A英勇地撲向徐詩！

——然後被打倒。

「這種小咖，我來就可以了！」不具名的男生B在不具名的男生A被打飛後，勇敢不懼地撲向徐詩！

——然後被打倒。

「這種大咖，我們一起來就行了！」不具名的男生N個，組隊攔阻狂化似的徐詩！

——然後被打倒。

一次又一次，學生會成員、敵人、女生出現在我的面前，然後被武士王的同伴攔下；同伴們被打倒、被吹飛、被防禦零化，可是他們彷彿有著無盡生命力的小強，每一次倒下之後，都再次雄起。

「武士王，快跑！」

「武士王，你是我們的希望！」

「武士王，請一定要生存下去！」

我握著拳，奔走著。有目的的在學校裡繞圈子，內心卻下意識地開始迷茫……

這樣的戰爭，到底有沒有意義？

「武士王……」

我回頭看了一眼，又一個被打倒後再次爬起來的不具名男生，以及鐵欄上扭曲得像抽象畫的寫實人像畫。

這一刻，我知道自己應該要做什麼：需要讓這群學生不用再受考試的折磨，而不是打倒後宮主。

兩者並沒有因果關係，所以現在的戰爭、現在的傷亡……都沒有意義！

「錯了，我們都錯了！」

在這種感動的氛圍下，我無視了大帥張玲本來給我的指示，轉而回到交戰的重災區——操場。

在操場的正中心，我停下腳步。

「武士王——入陣！」

不一會，女生、男生、學生會成員都圍了上來。

而在所謂打倒後宮主的革命道路上，武士王有太多同伴在無謂的戰爭中倒下了，身邊只剩下不具名的男生Ａ和Ｂ。

武士王，即是我，手橫揮，對他們說道：「你們走吧。」

不具名的男生Ａ搖頭，淡淡地說道：「武士王，我們不會離開的。」

不具名的男生Ｂ把口中的謎之鼠尾草吐掉，輕笑一聲，「劍士的背上，不會有背棄同伴的傷痕。」

武士王的我輕聲笑著，「是啊，我們是同伴。」

啊——呀——我的血要燃起來了！

重重地拍著他們的肩膀，我們都有著不成功就成仁的決意。

「這也許是我們最後的一戰，雖然不知道你們的名字，不過我武士王能跟你們並肩大概是三生有幸的事。」

他們笑了。

「這是我們同樣想要跟你說的事，武士王。」

以堂堂正正之師，站在所有敵人的面前——武士王，最熱血的一戰！

「不、不跑了嗎？」

徐詩輕喘著氣，旁邊還有中分髮型的張鉚，以及似乎從河裡拉上來、汗流浹背的訓導主任金老師。

武士王，即是我輕輕搖著頭，淡淡地說道：「這場戰鬥已經不用再打下去。」

「你們戰爭本部到底想要做什麼？」徐詩指著我問道。

「身為武士王的我，是絕對不會出賣同伴！」武士王的拳頭重重地拍在胸口上的獅子頭叫道：「如果妳想知道，請踏著我的屍體走過去吧！」

「武士王——！」

這就是熱血……沸騰似的熱血，正滾燙地在我身上流動著，就算有千軍萬馬……千軍萬馬……千……

「哇啊——」

千軍、萬馬……？

熱血沒有辦法彌補人數上的絕對劣勢，三個人對上近百敵人，大概只有常山趙子龍附體才可以殺出重圍啊！

「死宅男！」

「打他！」

「最討厭熱血系的……」

就算真的武士王怎麼厲害，也絕對打不過一群人，更何況不是武士王的我！我本來就是個弱小的男高中生，而對方則是可怕的學生會加上狂暴化的女生啊！

在暴風之中，我身上的裝甲被一片片剝離，在死亡的漩渦中，我的身體被壓制，我感受到同伴們曾經受過的痛苦。

我想要向老師求救，可是一旁的訓導主任金老師竟然別過了臉裝作沒有看到。這傢伙在濫用私刑！

如無意外的話，我應該會被俘虜。

一輪發洩之後，由徐詩把我壓在地上喝問道：「戰爭本部的其他人在哪？」

「我、不、會、說、的！」

這一刻，我是多麼渴望大帥張玲像上次那樣，在廣播中傳出救贖的召喚。就算我是無法巨大化的孤膽英雄武士王，也希望有人來拯救……

「武——士——王！」

我彷彿聽到有人在高聲呼喚著我的名字。不聽指示，又戰敗被俘的我，艱難地轉過頭。

「給我放開武士王的說！」

叫囂著衝過來又翻身越過人牆的……

是一個紙箱。

正確來說，是一個紙箱中穿出了兩隻手和兩條腿，兩根一長一短的馬尾在紙箱後飄逸，最後正中心有一個「卒」的大字，要多詭異就多詭異。

「喝——」

李靜的聲音由紙箱中傳出來，到達我們所有人的耳中。優雅地由半空中落地，她直指著壓制我的徐詩，「紙箱怪人的朋友，紙箱怪女，爽朗登場！」

雖然有點滑稽又有點白痴，更用錯了出場詞，應該是爽颯才對……

不過她這種無視人數差距、直接跳入敵陣的行為，的確只有笨蛋才能做出來。可是我卻十分感動——李靜真的在萬軍叢圍中過來拯救我。

「快點放開武士王，不然我就——」套著紙箱的李靜箭步上前，瞬間扣住敵手其中一個首腦張鉚的手臂反鎖，用了一秒不到的時間，張鉚就成為李靜的人質，「這樣的說！」

「有話好說……」本來壓制著我的徐詩，驚慌地叫道，壓制我的力量輕了下來。

「知道怕了嗎？那就放武士王和我離開的說——」

「不用放過武士王，這笨蛋就算抓住我，也沒有可以做的事情。」被扣住雙手的張鉚出奇地冷靜，盯著我，臉上拉出微笑。

看著他的臉，讓我有種看著張玲的感覺，雖然樣子不太相同，可是兩人都一樣擁有領袖氣質。如果在古代，這應該就是所謂的大將之風，連一旁的訓導主任也被比了下去。

「我……我……」被道破了事實的李靜慌張起來，四處張望。

可以肯定，她現在的行為不是官冰蕙的設計，也不是張玲的指示，只是她頭腦發熱之後的衝動……

李靜並不會對張鉚做什麼舉動，更不可能會傷害他，那不是我們戰爭本部的本旨。所以人質行動並不成立，所謂的人質無法交換已經被擒的我。

我感性想要李靜把我救出去，可是理性？不能夠為了無用的救援，讓同伴也陷入困境，這也是張鉚對著我笑的原因。

我搖頭道：「紙箱怪女，放了這個傢伙，然後自己離開吧。」

「不！」在紙箱中的李靜激動地叫道：「姐姐答應過紙箱怪人，要幫他洗脫汙名的，如果他再次曝光，那就、那就……無法兌現的說……」

「我知道。」說著話的同時，我看到操場外出現了騷動，大概是那些本來被打倒的同伴像喪屍那樣又爬了起來。

「所以姐姐更要救出武士王你的說——」

「所以妳更要留下有用之軀，不要被抓住，實踐承諾也要先留在戰場之上，如果早早因為警告、大過而退場……」

滿腔熱血的我吸了一口氣，大吼道——

「妳還怎麼兌現！」

「姐姐我……」

沒有一絲猶豫，作為武士王的我放棄了最後反抗的機會，用盡生命的力量喊出熱血的句子：「救出紙箱怪女，保護我們的希望！」

爬起來的同伴響應號召：「誓死保護，吾命即榮耀！」

人海中，我被學生會重點扣押，全無脫離的可能，而李靜則不甘心地放開了張鉚，在同伴的幫忙下，成功離開操場。

我……

如我所想的那樣，我被俘虜了。

◆◎◆※◆※◆◎◆

「你們一點也不熱血……」

我雙手被綁著反鎖到身後，身上的武士王裝甲完全粉碎，露出了裡頭的運動服。主事的訓導主任金老師因為我是戰爭本部成員的理由，把我交到學生會手上，說是由他們對我進行教導……

不過我覺得他是想讓這些人對我用刑才對！

我坐在學生會會室裡，前方審問的是兩個學生會的成員。

「熱血你個頭！你這個騙我妹妹的壞人！」

學生會室內，那個雙馬尾女生名叫徐詩的暴力怪物，一直用直尺敲我的頭。

「不……」

「不──？」

正當徐詩想要發動第二波刑求的時候，馬上就有另一個穿著暴露──沒錯，我完全不明白為什麼一件正常的水手服制服可以穿得那麼性感，彷彿是在誘惑別人去看她一樣──的女生阻止了。

「Boy 喲──」她並不高，可是卻有著一雙長腳；她不算漂亮，可是卻有著像紅蘋果一樣的雙唇。這就是之前曾有一面之緣，似乎跟官冰蕙有過節的沙菲娜。她輕輕勾起了我的下巴問道：「Name 是盛遠？」

「是、是。」我戰戰競競地吞了下口水，這女生的存在實在是太過、太過不健全了！

「請叫我莎菲娜。」

她半彎下了腰，有點自然捲的曲髮掃到我的臉上，誘出一陣毛毛的感覺；身上的危險香氣自然而然地湧進了我的鼻腔；沒有扣上的鈕釦，讓我隱約可以看到她黑色蕾絲內衣……

「今天如果你不說出目的，就不會讓你離開哦！」

「什、什……什麼？」

好好、好可怕的大姐姐。

這感覺應該就是警訊中，那些被逼進仙人跳的陷阱一樣。

不過，我看了一眼掛在牆上的時鐘和沒有發言的張鉚，閉上眼睛，在心裡默唸心經，從容就義道：「我、是、不、會、說、的！」

「真的？」

「絕對不會！」

「那沙菲娜就讓你試一下什麼叫欲哭無淚哦！」

理所當然，我馬上就受到嘴硬的懲罰——

「不要……不……那裡是……哦——喔——喔——」

無法彈動的我，在心裡強烈反抗著，可是完全沒有效果，身體還是老實地做出反應。

「說、不、說？」莎菲娜右手輕撫著我的臉，左手則繼續剛才的動作，「現在還可以回頭哦……」

我喘著氣，強壓下心裡想要說出來的念頭，猛搖頭，「寧死不屈……哇——喔——不、不要——」

「喔喔！是這裡嗎？」

「不！真的不行了……我不行了……唔……」

沙菲娜惡意地笑著，手上的動作加快，「呵呵呵……」

「啊……啊呀——出來了、出來……哇——噴——」

那如熾熱煙火噴發的瞬間，只堅持不到一分鐘的時間，我沒能忍耐下來。

「Boy，你那些體液，噴得姐姐一身都是了哦！」

「啊——噫、噫、噫！」

莎菲娜用數根羽毛在我的鼻子和耳孔裡打轉，讓眼淚和鼻水都在打轉，鼻水像連發的子彈，噴射而出。

大概數分鐘之後——

「Boy？」

我抽著鼻水，喘著氣，再次搖頭道：「寧……死不屈……哇——」

十五分鐘之後——

在我差不多快要癢死，說話都開始不完整，就像那用著倒裝句的綠色劍術和原力大師般對她們說道：「我、說、就算死、都不會！」

「不如用暴力吧！」不知何時加入戰團的徐詩，把羽毛丟到地上。隨手拿起直尺就指著我，對其他的兩人說道。

真是太感謝了，我寧願被暴力對待，也不要再受這樣的酷刑！

但在這個時候——

轟的一聲，學生會會室的門被人推開。

「我們來贖俘虜！」

——進來的正是張玲他們四人。

「妹妹……」

張玲無視了張鉚的那一句，直瞪著張鉚，「說條件！」

「真是直接。」一直沒有參與審問的張鉚搖了搖頭，臉上無悲無喜。

而另外兩個學生會成員這時卻是怒氣沖沖地向盯著戰爭本部的她們，徐詩把直尺指著李靜，「我們不會放走犯人，別以為剛才的行動可以再次得手，剛剛只是沒有防備而已！」

「盛遠！」李靜二話不說想衝過來跟徐詩大戰，「姐姐來救你的說！」

當然，她馬上被蜘蛛和官冰蕙攔住。

「說條件吧，別浪費時間了。」

「作為妹妹的妳最近變冷淡了很多，明明小時候一直都跟在哥哥身後。」張鉚笑了笑，又望了一眼官冰蕙，「在學生會時不是很崇拜我的嗎？」

官冰蕙和張玲同時「呸」了一聲。

「警告，你說話小心點。」蜘蛛喝道。

張鉚無視蜘蛛的話，笑道：「妳們現在就可以接走他，因為事情我都了解，真是感謝他提供的線索。」

我喝道：「飯可以亂吃，話不可以亂說！」

張鉚輕笑著，「這裡的人都知道哦——」

我瞪大眼睛，猛搖頭，「等等……我沒有！」

「安啦！」張玲冷笑了一聲，向身後的李靜擺手示意，同時對張鉚說道：「低級的挑撥離間是沒用的，我早就知道你會這樣說。」

「沒聽到可以放盛遠走了嗎？給我退下，手下敗將！」李靜露出了一對小虎牙，對徐詩吼道。

「哼！」徐詩不甘心地把手上的直尺放下。

在解開繩子時，李靜輕聲在我的耳邊說道：「姐姐相信你的說。」

「嗯……」

「走了！」

然後，我們五人離開了學生會會室。

「下次再見了，我的妹妹。」張鉚的聲音由背後傳來。

我轉過頭。

張鉚不高的身影，配上旁邊的兩個女生，再加上窗戶斜照著的陽光，他就像是戰鬥動畫最終話裡的魔王一樣。

我們回到實驗室。

「到手了嗎？」官冰蕙向李靜問道。

他們似乎是完成任務之後，馬上就趕來救我。

「是的說。」

「那就沒有問題，可以交給我做下一步的行動了！」官冰蕙笑了笑，接過李靜遞給她的隨身碟。

我靜靜地坐在自己的位置上，看著眾人談話，沒有像平常那樣加入進去。

沒人來責備我，也沒人來問我是不是背叛了，就像剛才張鉚所挑撥的事沒有發生，我不聽指示的行動沒有出現過一樣。

「大家……」按捺不住的我，低下頭問道：「為什麼不責怪我？」

「嗯？」

四人不約同地看向我。

「為什麼不責備我沒有跟著指示做？」

張玲拍了一下我肩膀，鼓勵道：「那是人之常情，每個人都會犯，但不一定是錯，而且我們也沒有損失。不過你暴露了，以後可能就會像我們一樣，受到學生會的重點照顧。」

「沒關係的說！」

「點頭，盛遠的表現已經很好了。」

「嘛……也不算太差……」

看著眾人給我的支持，讓我變得感動起來，「你們——」

正當我想要再說的時候，張玲就馬上起鬨：「今天再去盛遠家開慶祝派對吧……不對，是開始後續行動吧！」

「欸——？」我睜大了眼睛。

「好的說！」

「舉腳，第二個贊成！」

官冰蕙半推半就似的說道：「嘛……學校也快關門，找個地方討論也是有必要的……」

「等等……我家裡現在——」

張玲嘿嘿嘿地笑了幾聲，對我做出一個「頭痛、揉胸」的口型。

堅決收回自己的感動！

不過我也只能點頭，由李靜帶頭下，讓眾人闖進我的家裡。

「我們來玩了！」

弟弟很意外地沒有跳出來，感覺是因為看到太多人的關係而藏起來了。

「小靜？」

更不正常的是，還是媽媽……

因為她正在做家務。

只可惜，她的掩飾工作太差了，我看到電腦螢光幕上運行著的電腦遊戲，以及幾個空碗公。媽媽一定是看到閉路電視，才突然裝出做家務的樣子。

「對啊，朋友來做功課之類的。」我不知所謂地解釋了一次。

「還、還有這麼多人嗎？」媽媽放下了掃帚和抹布，擦了一眼睛，像是不相信自己一樣說道：「媽突然有點想哭了，盛遠真的是長大了，交了好多朋友……嗚……」

這太誇張了吧！

「同情，你應該有個悲慘的童年。」

「不說你是笨蛋……就一天那麼多吧？」

總感覺蜘蛛和官冰蕙在說著我理解就輸了的話，所以我什麼都不知道、不知道！

「媽媽去準備一下茶水。」媽媽說著這話的同時把電腦的螢幕關上，消滅罪證。

「我也一起來的說！」

「小靜真乖！」媽媽摸了一下李靜的頭，一同走進廚房。

這根本是母女倆，對吧？對呢？

過了一會，媽媽將弟弟由房間裡抓出來。

「好可愛的妹妹。」

「原來妹妹在家的說？」

——在眾人眼中，他是妹妹才對。

「你們玩一夜也沒關係哦！哈哈……要媽媽幫忙打電話回家找藉口也可以哦！」媽媽向張玲他們幾人友善地說道：「你們要撥電話回家嗎？」

「點頭，麻煩阿姨了。」

接著，媽媽連續打了幾通電話之後，她對我們說：「那媽媽和豐遠先迴避一下……」

裝作正常的媽媽和隨時會露出馬腳的弟弟，終於離開了家。

「你媽真好。」張玲舉出大姆指道。

「同意，我有點妒嫉了。」

李靜像是有點不好意思，臉一下子紅了起來，擺著手回應：「阿姨就是那樣，十分隨和的說。」

她們是母女嗎？這應該是我的臺詞！

突然間，出現了一聲略帶不爽的聲音——

「小靜很常來嗎？上次也是那樣。」

自從看見我的媽媽後，就沒太多發言的官冰蕙語氣不善地向李靜問道。

「是……不，只是因為有次忘記鑰匙就來這邊……這樣那樣，就熟絡起來，我絕對沒有天天來跟阿姨一起玩電腦遊戲，也沒有在這裡留宿的說！」李靜紅著臉，拚命地解釋。

……此地無銀三百兩的牌子已經立起來了。

但是為了不暴露出李靜跟我媽的關係，我只好跟著附和道：「是啊，我媽都大驚小怪……哈哈……」

「哦，是這樣嗎？」官冰蕙皺了一下眉，沒有再問下去，一臉不在乎的樣子，讓拚命在解釋的我和李靜像個傻瓜一樣。

「來玩吧！」張玲打破這個尷尬的時刻，開始了慶祝的遊戲會和大食會。

把所有的事都忘了一樣……

至少，戰爭本部的大部分人，都可以在考試之前休息一段時間。

◆◎◆※◆※◆◎◆

「這是筆記，希望對妳會有用。」

某天的午休時間，我將官冰蕙整理好的「讀了就可以一百分的考試筆記」交到校園美化社女生手上。

雖然那天武士王事件鬧得很大，但由於學校和學生會都有意隱瞞，因此低調處理，武士王的真面目成了少數人才能知道的學校傳說。

儘管如此，在這件事上，我仍是得了一支小過……

「真是太感謝了！」

看來她的姐姐沒有跟她說有關我的事，不然我唯一一個認識的校園美化社朋友，可能就會像之前那些人一樣，生怕我會傳染他們瘟疫一樣，馬上離得遠遠的。

我搔了搔頭，不太好意思地說道：「哈哈，我也想要守護這些畫作嘛！」

「嗯。」她呆一下，臉漸漸紅了起來，聲如蚊蠅一樣地應道：「我會努力的。」

雖然跟她才第二次見面，不過我發現她似乎很容易臉紅，不會把半個靈魂給了外星人吧？呸呸，這又不是衛●理的小說。

「考試要加油，還有筆記一定要讀，這是我由一個很聰明的同學手中借來的！」

「嗯，你……」她欲言又止掙扎了一會，才又問道：「嗯……我還不知道你的名字。」

「江盛遠。」

她默唸了一下，然後再自我介紹：「我叫徐曲。」

「嗯！」

徐曲，她是我在高中裡，意義上、實際上第一個自主認識，並且是真正的朋友。雖然她應該不知道我的事，不過為了保持這段友誼，我決定不讓她知道。

◆◎◆※◆※◆◎◆

時間過得很快，又過去了一個星期，期末考的日子到來。

在這段時間裡，官冰蕙或賣或借，用了不同方法將筆記和答案交到大部分學生的手中。注意，這是在完全沒有驚動老師和學生會的情況下完成。不得不說，在算計他人，還有整理整合資料方面，官冰蕙的確很合乎她軍師的身分。

現在我們只要完成考卷，以及等待連鎖反應的瞬間。

「一定能行的說！」

「加油！」

「喔——喔喔！」

這種輕鬆還有自信的心情到了最後一科考試的時候，就分崩離析了。

「這……這是？」

不只是我，大部分同學也不自覺地問出同樣的問題。他們和我在前幾科科目驗證下，已經對筆記內容完全信賴，可是現在卻突然來了一次措手不及的打擊——考卷上的問題全都換了一批，並不是我們得到的那些，筆記上的提示，成了沒能幫助考試的垃圾資訊。

是李靜和我的失誤？還是巧合？

我深吸了一口氣，看向監考的訓導主任金老師，他的臉上出現了一絲笑意……

「不。」

我低聲否定了自己：不是巧合，這是故意的。

開始的幾科讓我們得到甜頭……不對，是他並不知道我們得到哪些科目？也不對，那到底是……

這次校方已經發覺了我們的行動？

不管怎樣，我們的任務失敗了。

完成所有科目的考試後，我的那些同班同學都沉醉在輕鬆感時，我卻帶著不甘的腳步來到實驗室。

「盛遠！」

「來了嗎？」

「嘆氣，你也來了。」

在坐的三個人都一臉吃了大便味咖哩，五官都皺在一起，大概是因為今天考試的科目都換了一份題目事件所導致。

三個人？

戰爭本部的成員中，就差一個沒有來到——張玲。

「大帥呢？」我問道。

「搖頭，考完就從教室裡消失了。」

她不會是因為失敗而一個人跑到洗手間偷哭吧？到底要怎樣安慰她？要說失敗是成功之母嗎？

不過……

「哈哈哈哈哈哈哈——」

我發現自己的擔心十分多餘。

一陣大笑聲中，實驗室的門被張玲推開。

張玲完全沒有改變，應該說她完全沒有被這次的失敗而影響到，還是那個狂妄又囂張的張玲。

「大帥？」

張玲走到了圓桌前，用力地一拍，「大家！」

「是？」

「這次只不過是失敗了一個小環節，並不代表我們會一直輸下去！」

「點頭，了解。」

「現在那群學生會的渣渣向我們挑釁！」張玲的視線掃過了所有人，輕敲著圓桌，視線掃過與會的所有人，「我們應該要怎麼回應？」

沒有任何疑問——

「打飛的說！」

「反擊！」

「握拳，再戰一次。」

張玲笑了笑，點頭道：「戰爭仍繼續，沒有太多時間給我們頹廢，現在——來一場沙盤推演吧！」

「是！」

突然間，我覺得自己似乎變得沒那麼沮喪。

「官冰蕙給我計畫……盛遠要去這裡……部署在這個位置……所有的道具……蜘蛛給我偵查！」

戰爭本部，在失敗之後，仍然運作著！

我們是打不倒的！

▼AFTER▼

再起動

時值二月初，對普通的學生來說，應該還在放寒假，可是我卻不得不在學校裡補課。

「你這科也不及格？」

「是啊，哈哈……」

我無奈地笑了笑。

剛剛坐到我旁邊的，正是校園美化社的徐曲。

雖然大部分科目因為有筆記的關係，所有人都一樣得到不錯的分數，但被改動試卷的那一科，卻成為了最多人不及格的科目，我和她當然也不例外。

這本來應該是最不可能不及格的科目才對……

「校園美化社如何？」

「因為只有一科不及格，在求情之下，已經可以繼續下去了。嗯，都是因為你給筆記的功勞！」她開懷地笑著。

「那就好。」

只是談話到這裡就結束，因為來補課的老師終於出現。

「同學把書本的……這一次我們來討論……如果可以在今天之內完成……」

這一次的戰鬥只是開始——

「緊急警報、緊急警報！」

接下來，將會是我們戰爭本部的反擊。

「因為受到了X病毒的入侵，請所有學生馬上撤離學校！」

——等著看吧，學生會和這所學校！

《戰鬥吧！校園戰爭本部01別以為可愛就是正義！》完

敬請期待更精采的《戰鬥吧！校園戰爭本部02》

陳詞懶調×PieroRabu
回到過去
BACK TO THE PAST
TO BECOME A CAT NO.1
變成貓
明明如此愛本喵，
還不快帶本喵一起回家！
喵～
一隻貓是怎樣生活的呢？ 餓了吃飯，睏了睡覺，在外撒歡，在家搗蛋！喵嗚～
沒養過貓的您，先來嚐鮮看看喵星人的日常～
有養過貓的您，更不能錯過這部人變貓的喵星人歷險記!!!
首刷附贈精美明信片、以及萌翻天小動物擬人圖！
典藏閣
華文聯合出版平台
www.book4u.com.tw
采舍國際
www.silkbook.com
不思議工作室
立即搜尋
版權所有© Copyright 2015

本土TRPG名作《高砂幻想譚》原案，磅礴上市！

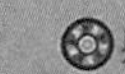
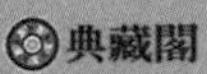

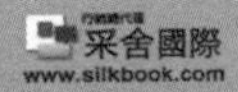

羊角系列 017

戰鬥吧！校園戰爭本部 01

別以為可愛就是正義！

出版者■典藏閣
作　者■萊茵@千人　繪　者■歐歐MIN
總編輯　■歐綾纖
製作團隊■不思議工作室
郵撥帳號■50017206 采舍國際有限公司（郵撥購買，請另付一成郵資）
台灣出版中心■新北市中和區中山路2段366巷10號10樓
電　話■(02)2248-7896　傳　真■(02)2248-7758
物流中心■新北市中和區中山路2段366巷10號3樓
電　話■(02)8245-8786　傳　真■(02)8245-8718
ISBN■978-986-271-677-9
出版日期■2016年3月
全球華文國際市場總代理／采舍國際
地　址■新北市中和區中山路2段366巷10號3樓
電　話■(02)8245-8786　傳　真■(02)8245-8718
新絲路網路書店
地　址■新北市中和區中山路2段366巷10號10樓
網　址■www.silkbook.com
電　話■(02)8245-9896
傳　真■(02)8245-8819

☞**您在什麼地方購買本書？**☜

1. 便利商店（________市／縣）：☐7-11　☐全家　☐萊爾富　☐其他________
2. 網路書店：☐新絲路　☐博客來　☐金石堂　☐其他________
3. 書店（________市／縣）：☐金石堂　☐蛙蛙書店　☐安利美特animate　☐其他____

姓名：________地址：________

聯絡電話：________　電子郵箱：________

您的性別：☐男　☐女　　您的生日：西元________年________月________日

（請務必填妥基本資料，以利贈品寄送）

您的職業：☐上班族　☐學生　☐服務業　☐軍警公教　☐資訊業　☐娛樂相關產業

☐自由業　☐其他________

您的學歷：☐高中（含高中以下）　☐專科、大學　☐研究所以上

☞**購買前**☜

您從何處得知本書：☐逛書店　☐網路廣告（網站：________）　☐親友介紹

（可複選）　☐出版書訊　☐銷售人員推薦　☐其他________

本書吸引您的原因：☐書名很好　☐封面精美　☐書腰文字　☐封底文字　☐欣賞作家

（可複選）　☐喜歡畫家　☐價格合理　☐題材有趣　☐廣告印象深刻

☐其他________

☞**購買後**☜

您滿意的部份：☐書名　☐封面　☐故事內容　☐版面編排　☐價格　☐贈品

（可複選）　☐其他

不滿意的部份：☐書名　☐封面　☐故事內容　☐版面編排　☐價格　☐贈品

（可複選）　☐其他

您對本書以及典藏閣的建議________

____

____

✌未來您是否願意收到相關書訊？☐是　☐否

✌感謝您寶貴的意見✌

印刷品

$3.5

請貼
3.5元
郵票

235 新北市中和區中山路二段366巷10號10樓

華文網出版集團　收

（典藏閣－不思議工作室）

萊茵@千人 NOVEL X 歐歐MIN ILLUST